赤の勇者
クレス
メリッサ
青の勇者
シルキー

緑の勇者
マッケンジー
ロラン

謙虚すぎる勇者、真の勇者を導きます！

さとう

ぶんか社

C O N T E N T S

第一章　赤の勇者クレス

「はっ、はっ、はぁ……っ!!　はぁぁっ……っ!!」

呼吸がおかしかった。

息を吸っているのか吐いているのかもわからない。

オレの目の前には、大勢の使い捨て……もとい、金で雇った凄腕の冒険者たちだったものが転がっている。使い捨てたちは、オレの目の前で魔王の手下によって、あっさりと無惨な肉塊《にくかい》にされてしまった。

「な、なんだよ!!　ちくしょう!!　高い金払ったんだぞ!?　なな、なんでこんな簡単に、殺されるんだよぉぉっ!!　なぁ、おい!!」

オレは死体を蹴る。

だが、四肢をもがれた肉の塊は、うんともすんとも言わない。

オレの前に、妖艶《ようえん》な美女がフワリと着地する。

「あぁ……なんとも憐《あわ》れな。これが『赤の勇者』とは……文字通り、赤の他人などどうでもいい勇者のようですわねぇ？」

「ひあぁぁぁぁっ!?」

……ああ、こいつは魔王軍幹部だ。

こいつの魔法で、使い捨ての半分が死んだ。恐れをなして逃げたもう半分も殺された。

あれ、オレ、なんでここにいるんだっけ？

ああそうだ。オレ、魔王軍が攻めてきて……そうだ、金で強そうな冒険者雇って、それで……あ
あ、そうだ、そうだ!!

「あ、青、青ぉぉぉぉ────ッ!!　し、シルキィィィっ!!」

オレは、『青の勇者』シルキーを呼ぶ。

そうだ。シルキー……人類最強の魔法使い。青の魔法使い、青の勇者。

オレと同じ、勇者……。あいつは今、どこにいる？

「シルキーとは、こいつのことかにゃ？」

「え……」

ドサッと、オレの目の前に見覚えのある何かが転がる。どうやら女のようだ。

見覚えがあるなんてものじゃない。オレが必死で呼んでいた、青の勇者だ。

こいつは、眼鏡《めがね》の奥の知的な目で、オレを見下《みくだ》していた。オレも後ろで魔法を唱えてるだけのこいつが気に食わなくて、頻繁に険悪な空気になった。

今のシルキーは、両腕が食い千切られたように欠損し、もがいている。どうやら、かろうじて生きているらしい。

シルキーを運んできたのは虎のような耳を持つ美女。こいつも魔王軍幹部だ。

「魔法しか能のない雑魚《ざこ》だったにゃ。こいつ、後衛職のくせに前衛で頑張ってたから面白そうだと思ったのに、両腕を食い千切ったらもう戦えなくなったにゃ。人間ってホントに脆《もろ》いにゃ～」

「っひ……」

虎耳女は口元の血をペロリと舐める。

オレはシルキーを見た。

「あ、んた……の、せ……い……だ」

怨嗟《えんさ》の籠《こ》もった眼で睨まれた。

そうだ。オレは金で雇った冒険者に戦闘を任せ、前線基地でのんびりしていた。クズだのなんだの罵倒してくるこいつを戦場に行かせて……。

「あ、あぁぁ……あぁぁぁあっ」

尻もちを突き、後ずさった。

目の前には二人の魔王軍幹部。レベル3のオレがどうこうできる相手じゃない。

距離を取ろうとすると、何かにぶつかった。

「終わったようだな」

「えっ」

「あ!!　ヒルデガルドちゃん!!」

振り返ると、そこには漆黒《しっこく》の鎧騎士がいた。金色の長い髪に赤い目をした美女。年齢もオレとそう変わらないように見える。

ヒルデガルドと呼ばれた女も、魔王軍幹部だ。

オレなんて見えてないのか、他の幹部たちにこう言った。

「これが人類最強の勇者とは……魔王様が出るまでもない」

そんなばかな。そんな馬鹿な。そんなバカな。

ヒルデガルドが手に持っているのは、誰の生首だ？

見覚えのある端正な顔立ち。ああ、あれは……『緑の勇者』マッケンジーの顔だ。

「おっ……げぇぇぇぇぇ――――っ!!」

俺は嘔吐《おうと》した。

マッケンジーの顔は恐怖で歪み、開いたままの口から舌がダラリと伸びていた。恐怖の中でふと、人間の舌はこんなにも伸びるのかと思ってしまった。

マッケンジー……オレが使い物にならないとわかると、騎士団を鍛えて代わりに使うことを提案していた。オレには興味も示さず会話したこともなかったが、オレを見る目がゴミを見るそれだったのだけは覚えている。

マッケンジーの白目は、オレを睨んでいるような気がした。

「あ、ぁぁ……ぁぁぁ」

「ゴミ掃除は終わったか？　ブラッドスキュラー、天仙娘々《てんせんにゃんにゃん》。ここの掃除が終わったら次は町を滅ぼす。魔王様の支配する世界に人間は必要ないからな」

幹部たちは楽しそうに嗤《わら》っている。

オレなんてどうでもいいのか。ああ、そうだ。オレはずっと何もしてなかった。どうでもいいに決まっているよな。

這いずって逃げるうち、いつの間にか、股間が酷く湿っていることに気づいた。涙も鼻水も止まらない。死にたくない気持ちが溢れそうなくらいあった。

「だ、だれか……だれか、だれか!!」

声にならない声で叫ぶ。だが、人類最強の勇者が負けたんだ。助けなんて来るはずない。

オレは近くの岩場に隠れようとして……岩場に誰かいることに気が付いた。

「ぁ……ぅあ」

「お、お前……ロラン、生きてたのか……よし」

ロランはオレの二歳年下の奴隷《どれい》だ。格安で売っていたので、身の回りの世話係と、退屈しのぎに殴るために買ったのだ。

最後は、オレが逃げるための囮として使わせてもらおう。

オレは岩陰に隠れていたロランをひっ掴み、ヒルデガルドたちの方へ突き飛ばす。

「ぅあぁっ!?」

「後は任せたぜ。へへっ!!」

ヒルデガルドたちの注意がロランに向いた。よし……今なら逃げられる!!

小蝿《こばえ》でも見るような目でロランを見たヒルデガルド。そして、恐怖で動けないロラン。

オレは、初めてロランに感謝した。

「助かったぜロラ――」

「うぁぁぁぁ――っ!!」

逃げようとした瞬間、ロランが全身から黄金《おうごん》の光を発した。

なんだこれ……!?

ヒルデガルドたちも驚いていた。

「これは……黄金光気《こうき》!?　まさか、伝説の……!?」

「馬鹿な⁉　かつて魔王様を封印した勇者の……⁉」

「にゃにゃにゃ⁉　こ、こんな子供が……⁉」

よくわからんが、逃げるなら今のうちだ！

オレは走り出した。ロランの身体《からだ》が光ってるとかどうでもいい。逃げる、生きる、それだけのために必死に走る。

そして、背筋が凍り付く——正真正銘の殺気《さっき》だ。

「これは懐かしい……憎く、そして美しい光ではないか」

「「魔王様‼」」

魔王。

オレは盛大に転んだ……腰が抜けた。

振り返るとそこには、漆黒のマントに豪華な装飾品を身に着けた優男《やさおとこ》がいた。

皮膚は青白く耳が長い、頭にはツノが生えているのがわかる。

あれが、魔王。人間の仇敵《きゅうてき》……この世界を支配しようと企む者。

三人の女幹部は、途端に女の顔になって跪《ひざまず》く。

「あぁ、下がりたまえ。彼は私が」

「「はい……」」

「あ、ぁぁぁ……うぁぁぁ」

「ふむ……言葉を持たないのかな？　それにみすぼらしい姿に貧相な身体、顔色も悪い……はは、なんだこのステータスは。レベル1、しかも病魔に侵されている。これが黄金の勇者だと？　……

実に腹立たしい」

「あっ」

ロランの首があっさり落ちた。

そして、いつの間にか、

「黄金の勇者を奴隷にするとは……所有者は貴様か」

魔王が、目の前にいた。

「さて、貴様が最後の勇者……ははは、レベル3とはな。あまりにもバカバカしい」

「あ、あぁぁ、あの、あの」

「殺すのは簡単だが……よし決めた。貴様は食うとしよう」

「え」

途端、魔王の身体が変異した。

顔が魔獣のような凶相《きょうそう》になっていく。目がいくつも増え、口が裂けて牙が伸びてくる。皮膚は強《きょう》
靭《じん》な鱗《うろこ》に覆われ、全身の筋肉がボコボコと膨張していく。

なんだこれは。なんだこれは!?

「…………」

もう、声も出なかった。

絶望ってなんだっけ？　ああ、オレはここで死ぬのか。

丸太より太くなった魔王の手に掴まれる。

「ぎゃぁぅぁぁっ!?　たす、たす、たすけ」

『醜く朽ちろ』

「あぁぁぁぁぁぁぁ────────ッ!!」

そして、そのまま口へ入れられ、咀嚼《そしゃく》された。

……意識が遠のいていく。

最後に、遠くで声を聞いた気がした。

『これより、この地は我々魔族の物である!!』

ああ、人類は負けたんだ。

魔王に、世界征服されたんだ。

でも、もういいや……死んじまったしな。

◇◇◇◇◇

俺の名前は曽山光一《そやまこういち》。

高校卒業後に就職したはいいが、人間関係に疲れて退職……今じゃバイトを掛け持ちしながら安アパートで暮らしている、どこにでもいる二五歳のお兄さんだ。

今日もバイトを終え、コンビニ弁当を買って自宅へ戻る。

家に帰ってゲームでもしながらビールと唐揚げで晩酌《ばんしゃく》、コンビニ弁当を食べてのんびりする。これが俺の生活スタイル。

……とりあえず、もっと野菜を食べようと言われても仕方ない。

「……あ、新作の予約」

新作ゲームの予約をし忘れていたことに気づく。目当てのゲームショップは既に通り過ぎてしまっていた。

どうすっかな……弁当を温めていたなら行かないところだけど、今日は違うし、行くか。

というわけで方向転換。向かうはゲームショップ。

ゲームは結構やる方だ。寂しい一人暮らし……ゲームくらいしかやることがないからな。

街灯の少ない道路を通る、暗い横断歩道を渡る。

「あ～……新作、何本あったっけ？　食費切り詰めれば全部買えるかなぁ～」

と――そこで意識が途切れた。

◇◇◇◇◇

『…………あれ？』

なんか、真っ暗だ。

一体どうなった？

ちゃんと予約はしたっけ？　あれ？

『……なんだ、あれ？』

頭の中に浮かんだ妙な映像に、俺は顔をしかめた。

人が倒れている。あれは、俺が横たわってるのか？　うげ、手足が変な方向に……。

俺らしき人の近くには車。そこから誰か降りてくる。倒れている体を揺さぶるが、血まみれのそれはピクリとも動かない。

あれ、俺……。

まさか、交通事故で死んだ？

◇◇◇◇◇

『ああ、オレ……死んだのか』

オレは魔王に食い殺された。

咀嚼された瞬間、意識が消失した。

覚えてるのは、シルキーの怨嗟の籠もった眼と、マッケンジーの人間とは思えない形相《ぎょうそう》。そして……黄金に輝いたロランだ。

オレは死んだ。

もしかするとシルキーたちもここに来ているかもしれないが……。

『はは、もうどうでもいいや……人類は魔王に滅ぼされたんだ』

死んだというのに、何故《なぜ》こんな思考ができるのか。

まさかここはまだ、魔王の腹の中だったりしてな。

◇◇◇◇◇

『オレ、間違ってたのかな……』

「俺、死んじまったのか……」

『オレ、調子に乗ってたよな……赤の勇者とか言われて、担がれて、好き放題やって……もうちょっと真面目《まじめ》に頑張れば良かったのかな』

『新作の予約、できなかったな……でも、ま、仕方ないのかな』

『はぁ……オレ、このままどうなんのかな』

『はぁ……俺、このままどうなんのかな』

『俺《オレ》……え？　俺？　え？　……なんだ、これ？』』

俺の魂が消えていく……そして、何かが流れ込んできた。

なんだ、これ……アルストム王国？　赤の勇者？　黄金の勇者？　魔王、魔王軍？　うわ、なんだこの記憶……ひっでぇ、クソ野郎の記憶……え？　オレ？　俺が、オレがやったのか？

俺、俺……俺、なんでこんな酷いことを。

『な、なんだよこれ……俺、俺、こんな酷い、あぁ、ぁぁぁぁっ!!』

俺は絶叫した……声は出なかったが。

俺は、オレは誰だ？

『俺の名前は曽山光一、そやま……こういち、だよな？　違う。オレは……赤の勇者クレス』

俺は日本人、曽山光一。

オレは赤の勇者クレス。

『記憶がおかしい……俺は日本人だ。ああ、そうか。俺は……赤の勇者クレス』

俺は曽山光一、赤の勇者クレスだ。

◇◇◇◇◇

「――により、汝《なんじ》を赤の勇者に任命する。さぁ、神の祝福を」

「………………」

「……どうした？」

「え？　あれ？　ゲームの予約……あれ？」

気が付くと、広い場所にいた。

どこだここ？　石床には赤い絨毯《じゅうたん》、高い天井には豪勢なシャンデリア。壁際には鎧を纏《まと》った騎士っぽい連中。目の前には髭面のおっさん……なんか赤い宝石を持ってる。

確か俺は、帰りにゲームショップに行こうとして……。

「あれ？　弁当は？　ビールもないし……」

「………………何を言っている？」

「あの、ここは――」

と、不意に記憶が波のように襲ってきた。

「ッづぅぅぅっ!?　あぁ、あぁぁぁぁぁぁぁ……」

「勇者!?　おい、どうした勇者!!」

髭のおっさん……じゃない。こいつは、この国の王。

そうだ、今は『赤の継承』の最中だ。俺が赤の勇者に選ばれて、聖なる宝珠を受け取って……ああ、思い出した。そうだ……俺は赤の勇者クレスだ。

「も、申し訳ございません。喜びのあまり頭痛が」

「だ、大丈夫なのか？」

「はい。問題ありません」

喜びのあまり頭痛が、っておかしな言い訳だ。

考えることは山ほどある。だが……今はこの儀式を終わらせよう。

「では、改めて……神の祝福を」

「ありがたく頂戴《ちょうだい》します」

王から赤の宝珠を受け取り、俺は宝珠を口の中へ。

宝珠を体内に取り込むことで、俺に勇者としての力が入ってきた。

「っぐ……」

身体が燃えるように熱い。

赤の勇者の力が俺の中で燃えている。

「赤の勇者クレス。来《きた》るべき日に備え、己を磨くのだ」

「はい!!」

こうして、俺ことクレスは赤の勇者となった。

◇◇◇◇◇◇

任命式の後、俺は自室に戻り鍵を掛けた。

「…………」

上着を脱ぎ捨て、大きく息を吸い――。

「俺の名前は曽山光一、フリーター、ゲームショップに行く途中で車に轢《ひ》かれた。コンビニ弁当食い損なった、ビールも唐揚げも食えなかった!!」

叫ぶ。そうだ、俺の名は曽山光一。

「俺の名はクレス。アルストム王国出身の平民で、赤の勇者に選ばれた男だ!!」

そうだ、俺の名は勇者クレス。

現在一五歳。今から二年後に死んだはずの勇者クレスだ。

俺が赤の勇者になって二年後。魔王軍は、二年後にこのアルストム王国を襲撃してくる。

俺は冷静に状況を整理した。

「異世界転生……しかも、この勇者クレスの過去に転生したのか。クレスの記憶を完璧に引き継いで……はは っ、こいつってとんでもないクズだったんだなぁ」

記憶に浮かぶのは、善良な日本人の俺にとって、耐えられないほどの悪行だった。

飲食店で女中を足蹴《あしげ》にしたり、金を払わないのは当たり前。買った奴隷はサンドバッグにして、手籠めにした女も飽きれば容赦なく捨てる。とにかくやりたい放題だ。

クレスは昔から、この辺りで有名なガキ大将的存在だったらしい。勇者に選ばれたことを不満に思ってる連中も、少なからずいるようだ。

「……はは、レベル1か」

この世界にはレベルが存在するようだ。

クレスの記憶によれば、普通の人間が生きて死ぬまでにレベル10くらいにはなる。職業によって伸びる能力値も様々で、スキルという特殊能力も得ることがある。

俺は自分の能力をチェックすべく、『ステータス』と念じてみた。

すると頭の中に、情報が浮かび上がる。

○『赤の勇者』クレス：レベル1
《スキル》
赤魔法：レベル1　剣技：レベル1

これだけか。

ま、レベル1だしこんなもんか。

「…………」

ふと、クレスにとっては過去のことを思い出してみた。俺を見下し、最期は恨みながら死んでいった同僚の勇者たち。

そして、奴隷でありながら勇者でもあったロラン。

「黄金の勇者……」

ロランの存在は、魔王を驚かせたようだった。

つまり……ロランがいれば魔王を倒せるかもしれない。二年後に人類が滅ぼされるという、絶望的な未来も変えられるかも……。

「よし、決めた……俺はやり直す。曽山光一の知識と、クレスの力で、二度目の人生……」

拳を握り、決意を固める。俺は選ばれたこの力で……、

「……うん、謙虚に行こう」

前回は調子に乗ったせいで痛い目に遭ったからな。俺自身のレベルだって全然上がっていなかったし。

二度目の人生は控えめに行こう。自分を鍛えてロランを育てて、確実に魔王討伐だ。

その後は、嫁さんもらってのんびり畑でも耕して暮らすのも悪くない。光一の人生じゃ、ゲームとバイトばかりで恋人なんて作らなかったしな。それに……。

窓に映った自分の像に、思わずニンマリしてしまった。

「結構イケメンだし、クレスの人生も悪くないな」

こうして、俺こと曽山光一は異世界の勇者に転生し、新しい人生を始めるのだった。

◇◇◇◇◇◇

今日は、王国の重要人物たちを招いての、勇者誕生を祝福するパーティーだ。

貴族や騎士、魔族との戦いに関係する者たちを招き、盛大な催しとなっていた。

案内されホールに入ると、割れんばかりの拍手で出迎えられた。

「おお、赤の勇者様だ!!」「いい表情をしておられる」「ああ、素敵……」「これは期待できますな」

……そうそう、この時点では羨望《せんぼう》の眼を向けられてたんだよ。

前のクレスはこの歓声に酔い、好き勝手にやらかしてしまった。

玉座に座ってみたり、肉を馬鹿みたいに貪っては大声で騒いで食べかすを散らかしてみたり……

ああ、思い出したくない。品性の欠片《かけら》もない黒歴史だ。

今の俺は、間違えない。

「よろしくお願いします!!　クレスと申します!!　よろしくお願いします!!」

赤絨毯の上で、来賓《らいひん》にお辞儀をしながら進む。年上には敬意を、女性にも敬意を、というか誰に対しても敬意を。

ここにいる人は、誰も彼も偉いというわけじゃない。でも、勇者誕生に関わりのある人たちなのは間違いない。なら、とにかく敬意を払うべきだ。増長せず、謙虚に謙虚に……。

「あ、赤の勇者様が頭を下げているぞ……」「な、なんか雰囲気が違う?」「最初に会った時はもっと、こう……」「なんと謙虚な姿勢だ……」

う、なんか噂されてる。

そりゃそうか。『つい先日まで』のクレスと『今のクレス』は外見だけ同じで中身は別人みたいなもんだからな。

一通り挨拶を終えた後、俺は国王の前に立ち、跪いた。

途端に、会場内は静かになった。

「面《おも》を上げよ」

「はい」

国王は玉座から立ち上がると、柔らかく微笑《ほほえ》んだ。

「さぁ、主役が跪いたままでは始まる宴も始まらん。クレスよ、グラスを取れ。宴の始まりに相応《ふさわ》しい挨拶を頼む。それが赤の勇者として最初の仕事じゃ」

王様に言われ、立ち上がってメイドさんからグラスを受け取る。

これも過去にあったな……前のクレス、跪かされたのが面白くなくて、受け取ったワインを一気飲みしたんだよな。その後『ま、この国はオレが救ってやる。ぎゃっはっは!!』なーんて喧嘩売るようなこと言って……会場が凍り付いたのを覚えてる。

だけど、俺は違う。真面目に謙虚に冷静に。

「皆様、本日は私のような若輩者《じゃくはいもの》のためにお集まりいただき、誠にありがとうございます」

会場内は静まり返っている。

俺は不思議と緊張していなかった。光一の俺ならあり得ない態度だ。

精神的な強さはクレスの影響を受けているのかもな。

「私は、何も知らない平民です。剣の振り方も、魔法も、何一つ覚えがありません」

謙虚に、謙虚に……。そうだ、根拠のない自信なんて持ってないという風に。

「ですが、私は勇者となりました。もう何も知らないでは済まされません。私が肩書通りの勇者となるためには、皆様のお力添えが必要となることでしょう。剣技は騎士様の、魔法は魔導士様のご指導が必要です。鍛冶師様の作る剣も、傷を癒やす薬師様のお知恵も必要です。私は、この境遇に感謝したい。私は一人ではない。皆様のお力あって、私は『勇者』として立てるのだと」

うー……やべ、ちょっと恥ずかしいな。

こんなにもすらすらと言葉が出てくるなんて、俺ってペテン師に向いてるのかも……。

「そして、勇者とは私一人ではない。ここにいる全ての人が勇者である……私はそう思います。ここに集《つど》った勇者の皆様のお顔を、私は決して忘れないものとし……ああ、美味《おい》しい料理が冷めてしまいますね。では、グラスを」

ちょっとしたユーモアを加える……よし、いい感じ。

グラスを掲げ、力強く言った。

「では……乾杯!!」

こうして、パーティーが始まった。

◇◇◇◇◇

こういう場所では最初が肝心だ。低姿勢に、低姿勢に……徹底的に頭を下げ、笑顔を絶やさず、立場が下の人間にも敬意を忘れない。

料理はがっつかず、野菜中心で肉は少なめ。お酒は最初だけで、後はとにかく挨拶回りだ。

その後パーティーは三時間ほど続き、お開きとなった。

ようやく解放され部屋に戻った俺は、猛烈な空腹からベッドへ倒れ込んだ。

「は、腹減った……挨拶ばかりで全然食べてない」

パーティーではサラダと肉を少しだけ食べた程度で、この成長期の身体には到底足りなかった。

明日から訓練が始まるのだが、こんな調子ではとてもやっていけそうにない。

とはいえ、どうすればいいのか。自室に食料なんてないし、前のクレスのようにメイドを呼びつけて菓子だのなんだのを用意させるなんてこともできない。

悩んでいると、部屋のドアがノックされた。姿勢を正し、ドアの外へ丁寧に声を掛ける。

「はい、どうぞ」

「し、失礼します！」

「あれ、あなたは……」

採寸係のメイドさんだった。何やらモジモジとしている。

部屋着はまずかっただろうか。でも、下着じゃないから、人前に出ても問題ないよな。

とにかく何をするにしても、謙虚さを忘れなければいい。

「あ、あの、赤の勇者様……会場では挨拶回りばかりで、あまりお食事されてないようでしたので、お夜食をお持ちしたのですけど……その」

「夜食？　ほ、本当ですか？」

「は、はい。簡単なサンドイッチですが……」

メイドさんがバスケットを差し出してくる。開けると、中にはサンドイッチが詰められていた。

同時に俺の腹が鳴った。うわ、恥ずかしい。

「ありがとうございます。いただいてよろしいでしょうか？　その、お腹《なか》が空《す》いて……」

「は、はい。その、美味しくなかったら申し訳ございません……」

「え？　まさか、貴女《あなた》の手作りですか？」

「はい。その……コックはもうお休みでしたので」

メイドさんはちょっと俯いた。コックは勇者である俺の栄養管理が職務だ。それを自分が蔑ろにしていいのか、気にしているのかもしれない。

だが、俺の腹は正直だった。再びの音に赤面しながら、サンドイッチに手を伸ばす。

「いただきます」

ハムと野菜のサンドイッチだ。ほどよい塩気とパンの軟らかさが口に広がる。美味しい。もう一つはポテトサラダ、もう一つはタマゴサンド、最後の一つはクリームサンド。ああ、どれも美味しい。

あっという間に完食した。

「はぁ～……王宮料理よりも美味しかったぁ」

「っ……そ、そんなことは」

俺がそう零すと、メイドさんは謙遜した。

「おっと失礼。美味しいお夜食、ごちそうさまでした。それと、ありがとうございました」

「い、いえ……その」

「よろしければ、貴女のお名前を教えていただければ」

「わ、わたし、メリッサと申します。赤の勇者様」

「メリッサさんですね。これからもよろしくお願いします」

頭を下げると、メリッサの顔が赤くなった。

さて、もうだいぶ遅い。女の子が男の部屋にいるべきではない。

「よろしければ、お部屋まで送りましょうか？」

「い、いえ!!　し、失礼しますっ」

メリッサは脱兎《だっと》のごとく逃げ出し……いや、退室した。

照れ屋なのかねぇ。ま、そういうところが可愛いけど。

って、いかんいかん。俺は前のクレスとは違うんだ。女の子は大事に、優しく、丁寧に接しなければ。

「……よし!!」

明日から訓練だ。きちんと強くなって、勇者らしくなれるよう頑張ろう!!

気合いを入れ、俺はベッドへ入った。

◇◇◇◇◇

さて、本日より特訓開始である。

赤の勇者は攻撃に特化しており、『赤魔法』という炎魔法が使える。だが、前のクレスは魔法の訓練などろくにしなかったし、町で昔の仲間と遊んでばかりだった。

でも、俺は、光一は違う。

だって魔法だぞ魔法!!　ファンタジーの定番だし、しかも炎属性なんて格好良いじゃないか!!

それに、剣術もだ。剣なんてゲームの世界でしか見たことがないから否《いや》が応でもテンションが上がってしまう。

実際に振るのは初めてだ。前のクレスは棒切れでチャンバラごっこをするだけだったが、実に勿《もっ》体《たい》ないと思う。

俺はジャージ……ではなく、訓練着に着替えて訓練場へ向かう。

訓練場には騎士が二人。一人は男性、もう一人は女性だった。当然、前のクレスの記憶があるので知っている。

俺は駆け足で二人の元へ。そして頭を下げる。

「遅れて申し訳ありません!!」

いきなりのことで二人は面食らったようだが、男性は咳ばらいをして落ち着いた声を出した。

「ごほん。いや、遅れてはおりません。我々が早く到着しただけのこと。勇者様、私は騎士団長のプラウド、彼女は副団長シギュンと申します。勇者様の剣術指南役でございます」

「はい。よろしくお願いいたします、プラウド先生、シギュン先生」

しっかり目を見て挨拶する。

プラウド先生は四十代くらいのイケオジ、シギュン先生は金髪のウェーブヘアをした二十代前半くらいのお姉様だ。ふむ、光一より少し年下か……めっちゃ好みかも。

って待て待て。そういう邪念は捨てろ!!

プラウド先生は咳払いをする。

「我々が指導するのは剣術。そして『武技《ぶぎ》』でございます」

「ぶぎ?」

「はい。勇者様は《スキル》をご存じですか？」

「スキル……ああ、頭の中に浮かぶやつですね」

頭の中にステータスを浮かべてみる。俺のスキルはレベル1のものが二つ並ぶだけの、貧相な有様だ。いかにもレベル1って感じのステータスだよな。

「スキルは才能の発露、そして武技とは、スキルから派生した技能です。レベルを上げることで武技が開花し、勇者様の力となります。赤の勇者様は攻撃に特化した能力をお持ちですので、まずは剣技から習得し、徐々に武器の幅を広げていきましょう」

「はい。あの、『剣技』は既に習得しています。レベル1ですけど……」

そう言うと、プラウド先生は笑顔で頷く。

「それは素晴らしい。察するに、幼少の折に木剣《ぼっけん》など使われておられたのでは？　剣技のスキルは、『剣を持ち振るう』ことで習得が可能なのです。単純ながら、騎士や兵士を目指す者には必須と言えます」

「なるほど……では、『赤魔法』は？」

「『赤魔法』は炎属性の魔法です。魔法スキルは通常、魔法神殿に祈りを捧げて習得します。時おり祈りを捧げても習得できない者もおりますが……」

「へぇ……でも俺、神殿に行ったことなんてないですけど、習得していましたよ」

「恐らく、赤の勇者になったからではないかと」

「なるほど」

スキルは条件を満たせば習得できるものなのか。つまり、もっとスキルが増える可能性もあるってことだ。なんかゲームみたいで楽しいな。

「まずは、剣の握り方から始めましょう。シギュン」

「はい、団長」

シギュン先生が木剣を俺に手渡す。

うわ、この人、近くで見るとめっちゃ美人だ。鎧のせいでスタイルはわからないけど、鎧の隙間から覗く首筋がなんとも色っぽ……いかんいかん。邪念は捨てろ。

シギュン先生は俺の手を握って、動きを教えてくれるようだ。プラウド先生は横から見て指導をしてくれている。

「剣の握り方、基礎的な構えを……そうです」

「こう、ですね」

「はい。力を抜いて硬くならずに」

プラウド先生の口頭指導はわかりやすく、さらに細かな部分を、シギュン先生が直してくれる。

「ゆっくり振りかぶり……振り下ろす!!」

「はぁっ!!」

気合いと共に剣を振った瞬間、剣が手からすっぽ抜けた。木剣が地面を転がる。

……何これ。最初の最初でこれかよ。

「も、申し訳ありません!!　その、力を抜きすぎました……」

「大丈夫。ではもう一度」

「はい!!」

同じように木剣を構え振り下ろす。今度はすっぽ抜けなかった。

でも、ちょっと窮屈だ。決まった型通りに剣を振るのが、こんなにつらいとは。

「では、この型で素振り百本です」

「ひゃ、百本⁉　わ、わかりました‼」

「では、始め‼」

シギュン先生が離れ、俺は習った通りの型で素振りを百本行う。

はっきり言ってかなりキツい。野球でバットを振った経験はあるが、使う筋肉が違うせいで勝手が掴めない。おかげで、流麗な動きにはならず、無様なものだった。

二十本を超えた辺りで腕が重くなってきた。四十本を超えると腕が上がらなくなっていき、五十本を超えた頃には型は崩れきっていた。なんとか正しながら続けるが、九十本を超えた時、木剣がすっぽ抜けてしまうほどに力が入らなくなっていた。

そして、百本め。なんとか終えた俺は、木剣を取り落とした。拾い上げることもできない。

「そこまで。では、少し休憩しましょうか」

「はぁぁ～……はぁぁ、はぁぁ……っぷぁ」

腕が重くて上がらない。クレスの筋力が低いからだ。もっと鍛えなくては。

やはりゲームのようにはいかない。これが現実というものだ。

「休憩の後、別の型に移ります」

「よ、よろひく、おねぎゃ、します……」

「シギュン、水を」

「はい」

シギュン先生が水のカップを渡してくれたので、遠慮せず一気飲み。

渇いた身体に水が染み渡る。

「しかし、驚きましたな。こんな言い方は不敬ですが……百本やり遂げるとは思いませんでした。

新兵は大抵、七十本ほどで音を上げるのですが」

「ゆ、勇者、ですので……」

「そうですか。ご立派でございます」

「あ、あの……お、お願いが、ござい、まず……ふぅぅ」

「なんでしょう？」

呼吸を整え、プラウド先生とシギュン先生に言う。

「その、自分は、先生方から指導される身ですので……敬語はやめていただきたいのです。敬意を払うべきは自分の方であり、今の自分は『勇者』という肩書を持った素人に過ぎません。どうか厳しいご指導をよろしくお願いいたします!!」

「……なんと」

「…………」

二人は呆気《あっけ》に取られたようにこちらを見ていた。

前のクレスは、訓練初日でこの二人がムカつくと言って指南役を外した。それどころか、勇者の肩書を利用して僻地《へきち》に飛ばしやがった。

今では我が事ながら、本当に許せない。

「わかりました。いや……わかった。ならば容赦しないぞ、新兵」

「はい!!　シギュン先生もよろしくお願いします!!」

「……ええ、わかったわ」

な、なんか、シギュン先生の笑みが怖い。どことなくサディスティックな感じがする。

休憩後、別の型を教わり、同じように素振り百本。

「遅い!!　もっとしっかり目を開いて型をなぞれ!!　しっかり基礎を叩き込めば筋力は後から付いてくる!!　無駄な動きが多いから疲れるのだ!!　腕を振ることだけ考えろ!!」

「はいぃぃぃぃっ!!　はいぃぃぃぃぃぃっ!!」

プラウド先生、めっちゃ怖い!!　鬼軍曹みたいな怒鳴り声!!

シギュン先生はというと、剣を振る俺の前を行ったり来たりしている。気が散るからやめてほしいのだが……。

すると、シギュン先生が突然、目の前に飛び出してきた。

「うわわっ!?」

咄嗟《とっさ》に剣の軌道を逸らすと、シギュン先生は咎めるような目で俺を見た。

「型を崩さないで」

「はいぃぃぃぃぃっ!!」

疲れたと言う間もなく、剣を振り続ける。

……ようやく終わった頃には、まともに歩くことすらできないほどに疲労していた。

今日習ったのは、上段の型、中段の型、下段の型だ。それぞれ百本の素振りを終えたのだが、全身の筋肉は悲鳴を上げていた。

「三つの型は基本中の基本。毎日の素振りを欠かさず行うこと。自分の身をもってわかったように、この型を忠実に繰り返せば全身の筋力が鍛えられる。いいか、毎日欠かさずだ。復唱しろ。毎日欠かさず!!」

「ま、毎日欠かさずぅ……」

「では本日最後!!　上中下段の型!!」

「え」

「構え!!」

「は、はぃぃっ!!」

ようやく終わったと思ったら、習った三つの型をコンビネーションで百本振らされた。

終わった時、完全に立つことができなくなり、俺は無様に転がった。

こうして、初日の訓練が完了した。だが、レベルは特に変動しなかった……。

◇◇◇◇◇

「では、素振り始め!!」

「はいっ!!」

訓練が始まって十日。素振りにもようやく慣れてきた。

上段、中段、下段の素振りを繰り返し、最後に上中下段の素振りを行う。八日めには変化を付けた素振りも行った。

例えば、上上下段、中上下段、下中上段と、シギュン先生の指示でコンビネーション素振りを繰り返すのである。

現在、素振りのみの鍛錬だが、徐々に俺は変わりつつあった。

最初は倒れていたが、今では素振りを終えても突っ伏すことなく立っていられるようになり、息切れこそするがまだ動けるのだ。

するとプラウド先生が言った。

「素振りを始めて十日め、少しは体力が付いてきたな。本日より的を使った訓練を始める。シギュン」

「はい」

シギュン先生が持ってきたのは、デッサン人形のような関節のある、人型の的だ。

プラウド先生が木剣を握り、シギュン先生が息を吸う。

「上中下段!!」

「はっはっはぁぁっ!!」

「上上下、中上下、上上下段!!」

「はぁぁぁぁっ!!」

「お、おぉぉ……」

シギュン先生の指示の下、木剣を的確に振ってデッサン人形を叩くプラウド先生。剣の鋭さ、威力、速度、どれも俺とは比較にならない熟達した太刀《たち》筋だ。

見惚《みと》れていると、プラウド先生の剣が止まる。

「まずは下手でも打ち込むこと……試してみろ」

「はい!!」

木剣を受け取り、息を整える。

上段は頭、中段は胴、下段は腿《もも》……素振りで体に感覚を叩き込んだ今なら、どこへ打ち込むべきかわかる。もちろん実戦はこの通りいかないことはわかっている。でも、知っているのといないのとでは大違いだった。

「上上下段!!」

「だぁぁぁぁっ!!」

「中下上、下下上、中上下段!!」

「はぁぁっ!! だりゃぁぁぁっ!!」

一度、指示と違う部位を打ってしまった。だが、止まらずに打つ、打つ、打つ。とにかく剣を振り続けることが大切なのだ。

手に返ってくる硬い感触は途切れない。いける、俺は剣を使えている!

「――そこまで!!」

シギュン先生の声で剣を止める。

頭の中で何かが弾けたような感覚がした。ステータスを見ると、『剣技』のレベルが2になっていることに気が付いた。どうやら、レベルが上がったことは直感的にわかるらしい。

「レベルが上がっただろう?」

「は、はい。プラウド先生」

「動きを理解し、習得した型を使用し続ければ、『剣技』のスキルが経験値を得てレベルが上がる」

「はい。言葉では伝えにくいんですけど、その……なんとなく掴めました」

「そうだ。その感覚を忘れるな。剣技のレベルが上がればその分強くなれる。今はスキルのレベルだけを上げたが、武技を習得すればスキルレベルに応じて威力も上がる」

「おぉ……」

本当にゲームみたいだ。スキルとかレベルとか武技とか……。

やっぱい、楽しみすぎる。

「毎日の素振りに加え、今の的打ちも訓練項目として行う。慣れてきたら模擬戦、そして実戦だ。武技の習得も併せて行うので覚悟しておけ」

「はい!!　よろしくお願いいたします。プラウド先生、シギュン先生!!」

頭を下げると、シギュン先生が微笑む。

「あなた、なかなか筋がいい。勇者様というのは伊達《だて》じゃないわね」

「お？　なんだ、シギュンが褒めるなんて珍しいじゃないか。なぁ、『新人殺し』と呼ばれた女騎士さんよ」

「うるさいわね。あなたも『鬼団長』って呼ばれてるじゃないの」

「…………」

いやあの、そんな二つ名あったんですか、あんたら……。

ま、まぁとにかくだ。この調子でレベルを上げて、武技を習得するのが当面の目標だな。今の俺は、過去のクレスとは違う。どんな訓練だって真面目に続けてやる。

プラウド先生とシギュン先生が何やら言い合っている中、俺は頭を下げた。

「改めて、よろしくお願いします!!」

「おう、厳しくいくから覚悟しておけ!!」

「ふふ、久しぶりに楽しくなってきた」

成長の予感にワクワクしていた時だった。

「あ、そうだ。そろそろ魔法の訓練も始まるからな」

「え」

なんだって?

◇◇◇◇◇◇

ここは、魔法専用の演習場。今日はここで、魔法の習得訓練を行う。

魔法。習得には、魔法神殿なる場所で祈ることが必須になる。

祈りを捧げる年齢は何歳でもいいが、若ければ若いほど、スキルを習得できる確率が高い。

なので、魔法使いは基本的に若い。俺の魔法の先生もすごく若い。

「初めまして。あなたに魔法を教えるドロシーよ」

「よ、よろしくお願いします。ドロシー先生」

「あら意外。あたしみたいな小娘に頭を下げるなんてね。あなたの前の評判を聞いた時は教えるなんてまっぴらごめんだったけど、剣術を習い始めてずいぶんと変わったようね」

　彼女のことも覚えている。クレスは、彼女が若い娘というだけで無礼な態度を取り続け、怒ったドロシー先生は一五分で教えるのをやめてしまった。

　外見は、長い黒髪にいかにも魔女って感じのとんがり帽子。すらっとした細身のドレスを着て、片眼鏡を掛けた俺と同い年くらいの少女だ。こう見えてアストルム王国きっての実力のある魔法使いで、飛び級で魔法学校を卒業し、教鞭《きょうべん》を振るう才女なのだそうだ。

「あなた、『赤魔法』のスキルを持っているのね。あたしは『青魔法』と『緑魔法』と『黄魔法』のスキルを持っているんだけど、安心なさい。魔法に関してあたしにわからないことはないわ」

「は、はい」

　すっげー喋るなこの子……。

　おっと、この子は失礼か。先生だし敬意を払わねば。

「赤は攻撃に特化した魔法よ。レベルは？」

「い、１です」

「なら、まずはレベル10を目標にするわ。悪いけど勇者だからって手は抜かない。あんたがどうしようもない奴ならソッコーでやめるから。あたしの教えが欲しければ死ぬ気で学びなさい」

「は、はい!!」

　ど、毒舌……。プラウド先生とは違う意味で怖いな。

「まずは初歩の初歩。初級呪文を使ってもらうわ。ステータス画面を思い浮かべなさい」

「は、はい」

いきなりかい。

でも、言われた通りにする。

ステータスを頭の中に出し、項目を浮かべる。

「思い浮かべたら、『赤魔法』の項目に集中」

「は、はい……」

すると『赤魔法：レベル1』の項目の横に、『ファイア』という文字が浮かんできた。

「初級呪文が見えるわね？　さらに集中なさい」

「は……はい。ぅぅ、地味にしんどい」

「いーからさっさとしなさい」

「は、はい!!」

言われた通りに『ファイア』に集中すると、今度は何やら文章が浮かんできた。

赤魔法：レベル1
・ファイア
『燃え上がる炎、焼き尽くせ、ファイア』


「それが詠唱文よ。手を上空に向けてその文章を唱えなさい」

「は、はいっ!!　『燃え上がる炎、焼き尽くせ、ファイア』!!」

次の瞬間、俺の右手のひらから直径一メートルくらいの炎の塊が飛び出し、空の彼方《かなた》へ消えていった。

　これが魔法なのか……！

「驚いたわね。初級なのに中級くらいの威力じゃない。これが攻撃特化の赤の勇者なのね」

「す、すごい……」

「レベルが上がれば使える呪文も増えるし、威力も上がっていくわ。今はそのダサい詠唱文をそのまま読んでていいけど、最終的には詠唱なしで撃てるようになりなさい」

「え、そんなことできるんですか？」

「できるわ。感覚よ感覚。一度無詠唱で撃てたらできるようになるから」

「なるほど」

　自転車に乗るようなもんか。あれも、一度乗れてしまえば後は無意識で乗り回せたしな。

「魔法は魔力を消費して発動する。魔力量は個人差があるから、あんたの数値を後で調べるわ。あ、レベルが上がれば魔力も増えるから安心なさい。魔力の消費を抑えるアイテムとかもあるしね」

「ほうほう、それは面白そうですな」

「とりあえず、筋は良さそうね。ステータス画面から詠唱画面まで表示するの、初めてだと一〇日くらい掛かるんだけど、あんたは初見で問題なくできたしね」

「え、そうなんですか？」

「ええ。ま、あたしの授業を受ければレベル10なんてすぐよ」

「が、頑張ります」

頭を下げ、ドロシー先生に真正面から向かい合う。

……意外と身長が高いな。この姿勢だと目線がぴったり合ってしまった。

「あの、ドロシー先生のレベルっていくつですか？」

「他人のレベルを聞くのはマナー違反よ」

そ、そうなんだ……プラウド先生たちに聞かなくて良かった。

「あんたの魔力総量は五百ね。ま、一般人の二倍くらいかしら」

「……それはすごいんですか？」

「なんの訓練もしていない一般人が二百くらい。スキルを持つ魔法使いが四百くらいだから、普通より少し多いくらい。ま、いいんじゃない？　メインは剣術なんでしょう？」

「そ、そうですか。ちなみにドロシー先生はどのくらい？」

「あたしは八千ね」

「…………」

俺の魔力量は五百、ドロシー先生は八千……一六倍かよ。

勇者といえど一般人より多く、並の魔法使いのちょっと上程度なのか。まぁ高望みはしない。

チートを期待していなかったと言えば嘘になるが、本当のチート持ちはロランなのだ。あいつを育てられるのなら、俺はあまり強くなくても構わない。

ただその前に、ロランを鍛えられる程度には、俺も強くなる必要があるだけだ。

◇◇◇◇◇◇

修行三日め。

「じゃ、始めるわよ。まずはおさらい、詠唱ありでいいから魔力がなくなるまでファイアを撃って。魔力が枯渇したらエーテルを飲んで回復。無詠唱でファイアが使えるまでやるわよ」

「はい!!」

エーテルというのは魔力を回復させる薬だ。魔力が枯渇すると素振りの比ではないくらい疲労する。その状態で魔力を回復させると、魔力総量が少し上がるらしい。

ドロシー先生はこの方法で魔力総量を上げたのだ。

「無詠唱で魔法を使えて、なおかつ魔力総量も上がる。まずは初級呪文のファイアを極めなさい。詠唱ありの状態でも中級くらいの威力はあるから、実戦で大いに役立つわ」

「はい!!」

「………今更だけど、あんた素直ね」

「先生の指導を受ける身ですから。当然ですよ」

「ふーん……今までの奴らはあたしを女だとか子供だとか言って舐めた態度取ってたけど、あんたは違うみたいね。ホントはどう思ってる？　同世代の女の子にタメ口きかれて、先生だとか呼ばなくちゃいけないなんて嫌じゃないの？」

「全く思いません。俺が魔法を使えないのは事実ですし、ドロシー先生の授業が素晴らしいのも事実です。それに、先生の授業……俺は好きですよ」

「っ!!　そ、そう……じゃ、さっさと始めなさい」

「はい‼」

何故かドロシー先生はそっぽを向いた。生意気なこと言って怒らせちゃったかな。

よし、失態は魔法で取り返そう。

今日中に無詠唱のファイアを極めてやる！

無詠唱のやり方は簡単だ。一瞬で頭の中に詠唱文を浮かべればいい。ただし、一字一句間違えてはいけない。

例えるなら『あ』という文字を頭に浮かべるのを『燃え上がる炎、焼き尽くせ、ファイア』に置き換えるのだ。そうすれば一瞬で詠唱が完了したことになり、無詠唱で呪文が発動する……らしい。

言うだけなら簡単だが、

「はっ‼」

手のひらを天にかざす。ダメだ、出ない。

大丈夫。できる。頭の中に浮かべろ。

何度も唱えてきた詠唱文を頭に浮かべるだけだ。

出ろ。出ろ。浮かべろ。

『燃え上がる炎、焼き尽くせ、ファイア』‼

「――はっ‼　おぉぉっ⁉」

出た！

かざした手のひらから火球が飛び、俺は感動のあまり叫んだ。

これが無詠唱で発動するということか。よし、今の感覚を忘れるな。連発するんだ！

「はっ!!　はぁっ!!　燃えろっ!!」

完全に理解した。コツを掴んだのだ。出る、出るぞ。いくらでもファイアが出る!!

……あ、来た。

○赤の勇者クレス：レベル2
《スキル》
赤魔法：レベル2　剣技：レベル2　詠唱破棄：レベル1

おお、『赤魔法』と総合レベルも上がってる！

無詠唱で撃てるようになるまでにもたくさん撃ったからな。

それに、なんか新しいスキルも覚えてる。詠唱破棄ってなんだろう？

ステータスを閲覧しながら、面白くなった俺はファイアを撃ち続ける。面白いくらいに出てくるな。

「――やめ」

ドロシー先生？　何言ってんだ？　あれ、身体が重い？

「やめなさい!!　既に魔力が枯渇している!!　これ以上は死ぬわよ!!　あぁもう、ウォータ!!」

「ぶへっ!?」

水の玉を顔面に食らい、俺はファイアを撃ちやめた。

なんか意識がおぼろげだ。身体に力が入らず、地面に倒れてしまう。すると、ドロシー先生が仰向けに起こし、エーテルの瓶を口元に持ってきてくれた。

「飲みなさい。ゆっくり……」

「ぅ……」

冷たいエーテル。あぁこれ、元気ハツラツなアレに似てる味なんだよな。

美味《うま》い……はぁ〜、ちょっとずつ身体が動くようになってきた。

「……ドロシー先生、赤魔法のレベルが上がりました。それと、『詠唱破棄』？　ってスキルも」

「大したものね。一つの魔法に身も心も完全に集中することで手に入る『詠唱破棄』スキルを、レベル2に上がると同時に習得するなんて。詠唱破棄は本来、スキルのレベルが20以上になって初めて手に入るようなスキルよ」

「そ、そうなんですか？」

「ええ。レベル1の場合、二小節以下の呪文を破棄することができる。レベルが上がれば高度な呪文も詠唱なしで発動できるようになるわ」

「お、ぉぉぉ……もしかして、レアなスキル？」

「そうね。少なくとも、この王国では五〇人くらいしか持ってないスキルよ」

「………」

お、多いのか少ないのかよくわからん。五〇人って学校なら一クラス以上だけど。

当然、ドロシー先生は持っているようだ。

「さ、回復したなら立ちなさい。レベルアップしたことで新しい呪文を習得してるはずよ」

「新呪文⁉」

俺は立ち上がり、ステータス画面をチェックした。

赤魔法：レベル2
・ファイア　・ハイファイア　・ファイアウォール

「おお!!　ハイファイアにファイアウォール、一気に二つも!!」

「ハイファイアはファイアの上位呪文。ファイアウォールは炎の壁を作り出す呪文よ。まずは『赤魔法』と『詠唱破棄』のレベルを上げることに集中しなさい。そうすれば、新しい呪文も詠唱破棄して撃てるから」

「はい!!」

「詠唱破棄ができるなら魔法使い向きだけど……あなたは赤の勇者、前衛だからね。ちょっとだけ惜しく感じるわ」

「………………」

そっか。後衛には青の勇者……シルキーがいるんだっけ。

魔法が使えるから魔法使いになった気でいた。そうだよ、俺ってば前衛で剣を振る役だわ。

「でも、できて損はないわ。あたしの指導にも付いてこれるようだし、これからも励むように」

「はい。俺、ドロシー先生に付いていきます。これからもご指導、よろしくお願いします!!」

「任せなさい。青の勇者に引けを取らない魔法使いにしてあげる」

「はい!!　俺、ドロシー先生に会えて良かったです!!」

「――っ、そ、そう」

何故か赤くなりそっぽを向くドロシー先生。俺、またヤバいこと言ったかな。

◇◇◇◇◇

そして、訓練開始から二十日以上が経過した。

「打て打て打て打て!!　手を休めることなく打て!!」

「はいっ!!」

シギュン先生を相手に、俺は木剣を振りまくる。怒鳴っているのはプラウド先生だ。彼の指示で、俺は動き続ける。

ようやく人形相手を卒業した俺は、対人訓練に移っていた。

シギュン先生は「遠慮なく打ち込んできなさい」と言うが、万が一にでも女性に怪我をさせたらと思うと少し躊躇《ちゅうちょ》してしまう。だが、シギュン先生は笑いながら「どうせ当たらないわ」と言った。

悔しくなって本気で打ち込んでいくと……本当にかすりもしなかった。

同じ木剣を使っているはずなのに、俺よりも優美に動き、俺の渾身《こんしん》の一撃すら難なく捌《さば》いてしまう。

「クレス、シギュンをよく見ろ――――!!」

「――ッ!?」

うん、今日も美人だ。……じゃなくて、シギュン先生の空気が変わっていた。

手の動きが普通じゃない。一、二……四本生えているように見える。

「――っぐ!?」

胸を二回、パパンと叩かれた。

木剣が手から離れ、俺は地面を転がる。すぐにわかった。かなり手加減されている。

シギュン先生が俺に手を差し伸べてくれたので掴んで立ち上がる。

「い、いってぇ……い、今のは?」

「今のが『武技』だ」

「武技……」

「ああ。剣技スキルの武技の一つ『二連斬り』だ。一瞬で二度の斬撃を叩き込む武技というわけだ」

「ちなみに、騎士団に入団する兵士の必須武技でもあるの」

シギュン先生が微笑む。くそ、美人すぎる。

でも、なんとなくわかった。

「この二〇日で武技を扱える程度の土台はできている。今のシギュンの動きを真似して全力で叩いてみろ」

「はい!!」

用意された人形の前に立つ。

シギュン先生の動き。二連斬り……ゲームでもああいう技があったな。

行ける。構えて……狙いを付ける。

「――行きます!!」

二連斬り。一瞬で二回斬るという単純な技だ。

俺は全力でシギュン先生の動きを模倣する。

魔法と同じだ。無意識でやっている動きを、武技の動きに置き換えてやればいい。

「せいはぁぁぁっ!!」

パパン!!　と、人形を二回斬り付ける。

すると、レベルアップの感覚が来た。ステータス画面を開く。

思った通り、『剣技』スキルはレベル3に上がっていた。

さらに『剣技』の項目に、『二連斬り：熟練度1』という文章が追加されている。

これで、二連斬りを習得できたというわけだ。やった、やったぞ!

「よくやった。上出来だ」

「プラウド先生、二連斬りを習得できました!!　ステータス画面に二連斬りの」

「落ち着け。確かに二連斬りを習得したが、熟練度はまだまだ低いはずだ。武技を使い続ければ熟練度が上がって威力も向上する」

「熟練度……」

「見ろ」

プラウド先生が指し示した先、シギュン先生が人形の前に立った。

構えたと思った瞬間、先生の体がブレる。すると、人形は爆発したように砕け散った。

唖然とする俺に、プラウド先生は言った。

「あれが王国最強騎士、シギュンの二連斬りだ」

「………爆発したんですけど」

「ふふ。クレスもいずれはここまでできるようになる」

絶・対・無・理。

訓練人形を爆破するくらいの剣技ってヤバすぎる。もうシギュン先生が魔王討伐した方がいいんじゃね？　などと思ってしまった。

でも、先生は俺は強くなれると言ってくれた。

クレスとは違う。光一の意志があれば、俺はどこまでだって強くなれるのだ。

◇◇◇◇◇

「目を逸らすな!!　恐怖は動きを鈍らせるぞ!!」

「は、はいっ!!」

シギュン先生との対人訓練も、模擬戦へと進んだ。

これまでは俺の打ち込みを受け流すだけだったシギュン先生も、頻繁《ひんぱん》に反撃を加えてくるようになった。ついでにプラウド先生の怒号もさらに厳しさを増している。

「剣で受け、身体を使って躱《かわ》せ!!　木剣なら骨折で済むが真剣ならあっという間に戦闘不能だぞ!!　いいか、見て動け、恐怖に打ち克て!!」

「はい!!」

打たれても、動けなくなる痛みではない。手加減をしてくれているのだろう。シギュン先生のすごいところは、俺がどれだけ本気で行っても、常に俺に合わせて一歩上の力を出してくれるところだ。

自分で言うのもなんだが、そこそこ強くなったと自負できるのに、未だにほんのわずか届かない程度で倒されてしまう。もっと強くなれば、さらにその一歩上。圧倒はされずに、常に少しだけ上の実力で叩きのめされる。

俺はシギュン先生の隙を窺《うかが》い――。

「――ここだ!!　二連斬り!!」

渾身の二連斬りを叩き込む――が。

「あらっ――あっだぁ!?」

「残念」

あっさり躱され、木剣でしこたま叩かれた。

◇◇◇◇◇

「ファイア!!　ファイア!!　ファイア!!」

「……あのね。詠唱破棄ができるなら、叫ばなくてもいいのよ？」

「す、すみません、つい……」

剣技に力を入れているおかげか、新しく『兜割り』と『疾風突き』という武技を習得した俺は、魔法についても順調にレベルを上げていた。

ちなみに兜割りはジャンプ斬り、疾風突きはダッシュ突きだ。小学生の頃、傘を持った時によくやっていた。まぁこっちは遊びじゃなく、ガチで殺しに掛かる技だけども。

現在、『剣技』はレベル5、『赤魔法』はレベル4まで上がった。総合レベルも既に4、前のクレスを超えている。

だいぶ詠唱破棄にも慣れてきたのだが、つい叫んでしまう癖が付いてしまったようだ。

だって、魔法だし。ゲーム大好きな俺にとっちゃ、最高に気持ちがいいんだもん。

「全くもう……でも、魔力総量も七百まで上がってる。一流の魔法使いは最低でも二千の魔力が必要だけど、あんたは千もあれば十分でしょう。レベルの高い『剣技』を活かす牽制程度なら、十分すぎるくらいね」

「それじゃ駄目です!!」

「……何故?」

「魔王軍を相手にするのなら、魔法で牽制して剣技で戦うなんて考えじゃダメなんです……!」

勇者を全滅させた、三人の魔王軍幹部。

漆黒の騎士ヒルデガルド。妖艶な美女ブラッドスキュラー。虎耳少女の天仙娘々。あの化け物たちはきっと、中途半端な実力では倒せない。

奴らを倒すのは俺じゃなくてロランだ。あいつを黄金の勇者として覚醒させて戦ってもらう。俺は、あいつのサポートをするために、俺にできる最大限の強さを手に入れなければならない。

「ドロシー先生、俺にありったけの魔法を教えてください。俺は……もっともっと強くなりたいんです!!」

「っ……な、なかなか言うじゃない。いいわ、これからはもっとスパルタで鍛えてあげる」

「はい!!　よろしくお願いします!!」

強くなる。そして……ロランを迎えに行くんだ!!

幕間　魔王軍幹部『黒騎士』ヒルデガルド

とある町、とある酒場。

そこに、黒いドレスを着た一人の女がいた。

女は昼間から酒を飲んでいる。相手は特にいない。ただ一人、淡々と酒を飲む。

女のいる酒場は歴史を感じさせる、古めかしい造りだ。

町では老舗《しにせ》とされるその店は、庶民に愛されて二〇年あまりになる。

マスターはグラスを磨きながら、一人で飲むその女に注目した。

ふと、あることに気づく。

「……いや、まさかな」

自分が小さい頃、似た女を見た覚えがある。

その時に見た女も、黒いドレスを着て、昼間から浴びるように酒を飲んでいた。その美しさは、今でも昨日のことのように思い出せる。

誰かを待っているような、あるいは単なる暇潰しでもしているような……不思議な雰囲気の女だった。

グラスを空にした女は、ようやく立ち上がり、マスターを見て言った。

「お勘定《かんじょう》」

飲んだ額よりも多く置いた女は、釣りも受け取らずに出ていった。

マスターは引き留めもせず、釣りの分はきちんと、専用の瓶に入れていた。

彼女はこれまでも釣りを受け取りはしなかった。なので、瓶もだいぶ重くなってきている。

いつか、この中身を渡せる日が来るのだろうか。

「……名前、聞かないとな」

彼はまだ、女の名前を知らない。

彼女の名は、ヒルデガルドといった。

黒騎士ヒルデガルド。

漆黒の全身鎧に兜を装備した魔王軍幹部の騎士。その正体は、まだ一〇代後半といった少女だった。

ウェーブの掛かった金髪のロングヘアに、人形のように整った顔立ち。鎧を脱いだ身体はスタイルが良く、着飾れば一国の姫君であるかのような、高貴さも感じられた。

何故、彼女が魔王軍の幹部なのか。それを説明するには、彼女の過去を遡らなければならない。

三人の勇者が誕生する、数百年前。フラワ王国という豊かで平和な国があった。

王国の貴族であるカルンシュタイン家。その長女として生を受けたのが、ヒルデガルドであった。

両親の寵愛《ちょうあい》を一身に受けて育った彼女は、一〇歳になる頃には『カルンシュタインの花』と呼ばれるほどに、美しい少女として、貴族たちの間で有名になっていた。

ヒルデガルドは、美しいだけでなくなんでもできた。

五歳の頃から一流の貴族令嬢としての教育が始まり、礼儀作法や各種の習い事、教養を叩き込まれたが、彼女はそれらに弱音を吐いたり涙を流すことなど、ただの一度もなかった。

やせ我慢ではない。彼女にとって、それらの教育は全て、遊びの一つに過ぎないものだった。

分厚い教科書は一度読めば暗記できたし、バイオリンを始めとした楽器は数度弾き方を教えてもらえば講師顔負けの優雅な演奏ができた。

舞踏《ぶとう》も、礼儀作法も、あっさりと習得してしまい、いつでも社交界デビューできるようになった。

誰もが彼女を、神童と呼び讃《たた》えた。

だが、彼女にはもっとも興味を示す遊びが、他にあった。

「お嬢様!! ああもう、またここにいたのですか……」

「あら、遅かったわね爺や」

ある日。カルンシュタイン家の執事長ロッテンマイヤーは、部屋を抜け出したヒルデガルドを捜し、裏庭に来ていた。

彼はヒルデガルドの姿を見て、頭を抱えて嘆いた。

「お嬢様、またそんな格好を……旦那様に叱られてしまいますぞ!!」

「課題はとうに終わらせたもの。空いた時間に何をするかなんて、私の自由でしょう？」

「課題が終わったなら私を呼べばよろしいでしょう！　部屋を抜け出すということが、レディにあるまじき行為だと言っているのです!!」

「もう、爺やのばか。頭が固いのよ」

ヒルデガルドは、持っていた木剣を放る。

これが、彼女の興味をもっとも惹いている『遊び』だった。

以前、たまたま護衛の者が剣術の訓練をしているのを目撃したヒルデガルドは、剣術というものの虜《とりこ》になってしまった。

ドレスを脱ぎ、騎士のようなズボンを穿き、手にグローブを嵌め、長く美しい金髪を雑に纏めている。

こんな姿、当主が目にすればどんな反応になるかなど、火を見るより明らかだ。

だが、ロッテンマイヤーの嘆きなどまるで意に介さないように、ヒルデガルドは誇らしげに胸を張った。

「聞いてちょうだい。私、『剣技』のスキルを得たのよ？　まだレベル1だけど、これからどんどん上げてみせるわ」

「お嬢様!!　私の話を聞いてないのですか!!」

得意げに話すヒルデガルドを叱るロッテンマイヤーだった。


さて、ヒルデガルドには妹がいた。彼女の名はオリヴィア。ヒルデガルドと一つ違いの、これまた美しい少女であった。

違いがあるとすれば、彼女は姉のような抜きんでた才能というものがなかった。悪くもないのだが、異常な才気を発揮するヒルデガルドに比べれば、何をしても平凡であったのだ。

そんなオリヴィアが陰では自分と比べられ、軽んじられていることを、ヒルデガルドは知らなかった。

そしてオリヴィアは、幼いながらもそれを理解しており、自分が姉と比べていかに劣っているのかを自覚していた。それでも自分は、カルンシュタインの息女であると言い聞かせていたが、やはり優秀すぎる姉のことを、好きにはなれなかった。

だから、姉とは極力、関わらないように生きてきた。

同じ屋敷で生活していたが、顔を合わせるのは食事の時だけ。それ以外は殆《ほとん》ど話をすることはない。ヒルデガルドもまた、妹に興味を示さなかったのが幸いだった。

そしてオリヴィアが一四歳になった頃。

ヒルデガルドに、婚約者が現れた。

その青年はフラワ王国の第一皇子、カエサル。順当に行けば次期国王であった。

当のヒルデガルドは、突如訪れた幸福に無邪気に喜んでいた。

だがオリヴィアは、そんな姉を、憎く、おぞましく思っていた。

何故ならカエサルは、オリヴィアの想い人であったからだ。

カエサルもまた、オリヴィアを好いているはずだった。それは、何度もやり取りをした手紙の中で明らかになっていた。

だが、一年ほど前から、その手紙もぱったりと止まってしまっていた。

理由は明白だ。カエサルは、ヒルデガルドに恋をしたのだ。

以降、カエサルの中ではオリヴィアの存在は、完全になかったことになったようだ。

何度手紙を送ろうと、返事は来ない。代わりに、カエサルとヒルデガルドの時間は増えていく。

オリヴィアは許せなかった。愛する人を奪った姉を。彼女こそが、カエサルを誘惑したのだと疑わなかった。

絶対に姉を陥れてやろう。そして復讐してやるのだと、オリヴィアは決意した。

ある日。ヒルデガルドはドレスに着替え、フラワ王城へ向かう準備をしていた。

少し早く準備が終わり、お茶でも飲んで一服しようと考えていると、

「失礼します、お姉様」

「オリヴィア？　珍しいわね、何か用？」

「いえ、少し準備が早く終わりましたので……お姉様とお茶でもと」

「ふーん。奇遇ね、ちょうど私もお茶にしようと思っていたの」

「良かった。実は、ブルーノ王国からいい茶葉を仕入れましたの。ご馳走させていただけませんか？」

「へぇ、いいわね」

本来、お茶を淹れるのはメイドの仕事。だが、この日はオリヴィア自らお茶を淹れた。

ブルーノ王国の茶葉はフラワで出回っているお茶とは違い、濃い緑に渋い風味が有名だ。ヒルデガルドは、なかなか手に入らないブルーノ王国のお茶が好きだった。

「さぁ、どうぞ」

「ありがとう、オリヴィア」

こうして、姉妹で話すのも久しぶり……いや、初めてかもしれない。

ヒルデガルドはお茶を啜《すす》り、オリヴィアに……。

「…………ぅ」

「お姉様？」

「あ、あら？　……なんだか、ねむい、わ……」

「…………」

何故か、オリヴィアが笑っているような気がしたが、口を開くことはできず……ヒルデガルドは、そのまま眠ってしまった。


「…………はっ」

目が覚めたヒルデガルドは、周囲を見回す。

「……オリヴィア？　あら？」

妹とお茶をしていたはずだ。だが、カップも茶器もない。それどころか、オリヴィアがいたのかすらおぼろげだった。

「……しまった!!」

時計を見ると、屋敷を出る時間を過ぎていた。今からでは急いでも少し遅刻してしまう。

今日の茶会はカエサルが主催だ。遅刻など許されるはずがない。

慌てたヒルデガルドは、謝罪の言葉を練りながら、馬車を飛ばさせてフラワ王城へ向かった。

――それにしても、オリヴィアも、起こしてくれればいいのに。

少しだけ妹を責めていると、やがて馬車は王城に到着した。

小走りで茶会の会場である中庭へ向かう。

「遅くなり申し訳ございません。ヒルデガルドでございます！」

息を切らして現れたヒルデガルドに、カエサルは冷ややかな目を向けた。

怒っているのだろうか。ヒルデガルドは弁解のため口を開く。

「遅れて申し訳ございません。その、お恥ずかしいのですが、少々うたた寝をしてしまって……」

「……本当なのかい？」

「え？　え、ええ」

カエサルの声は鋭利だ。

見れば、周囲の貴族も同じように、まるで非難するような目を向けてきていた。

カエサルが首を振り、護衛の女性騎士に目配せする。

「失礼します、ヒルデガルド様」

「な、何を!?」

女性騎士が二人、ヒルデガルドの両手を掴んで押さえる。そして、もう一人がヒルデガルドのドレスに手で触れていく。

さすがに怒りの声を上げようとしたヒルデガルドだが……女性騎士が、ヒルデガルドの胸元から、装飾の施された立派なブローチを取り出した。

「あぁ……なんてことだ」

カエサルが頭を抱える。

ヒルデガルドには、全く意味が分からなかった。

「な、なんですの、これは……？」

「とぼけないで!!　私、見ましたの!!　お姉様がカエサル様のブローチを私室から盗み出すところを!!」

「……お、オリヴィア？」

声を荒らげたのは、オリヴィアだった。

「そのブローチは王妃様の形見……お姉様、茶会に遅れた真の理由は、カエサル様の私室に忍び込んで、ブローチを盗むためでしたのでしょう？」

「な……何を馬鹿な!!」

「そのブローチが何よりの証拠です!! カエサル様、犯人はお姉様で間違いありません！」

「………」

「カエサル様、私は……」

「残念だよヒルデガルド……連れていけ」

「カエサル様っ!?」

こうして、ヒルデガルドは窃盗の罪で投獄され、カエサルとの婚約も白紙になった。

罪人として拘束されたことでカルンシュタイン家からも勘当された。

そして最終的に国外追放の裁定が下された。誰一人として、ヒルデガルドの言葉に耳を貸すことはなかった。

追放の前夜。絶望に打ちひしがれていた時だった。

「──お姉様」

「……おり、ヴィア」

家族すら面会に来ない、孤独な牢屋に、オリヴィアが会いに来た。

人払いをしたのだろう。護衛も付けず、牢屋の看守もいなくなっていた。久方ぶりに、姉妹二人だけの時間だ。

オリヴィアは笑みを浮かべていた。

「お姉様、痩せましたわね」

「お、オリヴィア……オリヴィア!!　お願い信じて、私は何も悪いことはしていない!!　どうしてブローチがドレスから出てきたのかなんて」

「知っています。お姉さまは無実です」

「オリヴィア……!!」

ヒルデガルドは涙を流した。やはりオリヴィアだけは無実を信じてくれていたのだ。

「だって……あれを盗んだのは、本当は私ですもの」

「………………ぇ？」

何を言われたかわからず、ヒルデガルドは凍り付いた。

「お姉様が悪いのよ？　私のカエサルを誘惑するから……ああ、カエサルは私の元に戻ってきたわ。お姉様に裏切られて傷心した彼を、優しく慰めてあげたの」

「お、おり、ヴィア……」

「ふふ。大嫌いなお姉様。ああ、ようやく私は幸せになれる」

「オリ、ヴィア……」

「ずぅーっと、ずぅーっと嫌いだった。ふふ、ようやく私、お姉様に勝てた……勝てた!!」

「オリヴィアぁぁぁぁぁぁぁぁ────ッ!!」

「ざまぁぁぁぁぁみろぉぉぉぉぉぉ――――ッ!! お姉様が悪いんだ、お姉様が私のカエサルを誘惑するからぁぁっ!! あーっはっはっはっはぁぁぁぁぁぁぁ――――ッ!!」

ヒルデガルドの叫びが、牢屋中に響き渡った。

――こうして、ヒルデガルドはあえなく国外追放となった。

右も左もわからない森の中で降ろされ、幽鬼のような足取りで歩く。

全て失った。残ったのは絶望と、周囲の全てに対する恨みのみ。

「……ゆる、さない……」

怨嗟の炎が渦巻いていた。

メラメラと、身体の内側から飛び出してしまいそうな怒り。

そんな時、あてもなく森の中を歩くヒルデガルドは……出会ってしまった。

「ほう……これはこれは、熟成された深みのある『怨嗟』を感じるな」

「…………」

「いい目だ。絶望、怒り、恨み、悲しみ……様々な感情が渦巻いている」

いつの間にか、一人の男が目の前にいた。

男は、ヒルデガルドにそっと手を差し伸べる。

「気に入った……貴様に力を与えてやる。貴様の中にある恨みの炎で、この世界を燃やし尽くしてみせろ」

「…………」

ヒルデガルドは、差し出された手をそっと取った。

こうして、ヒルデガルドは魔王の眷属となった。そして、恨みの炎を閉じ込めるように、黒い鎧と兜を被る。

ヒルデガルドが魔王の手を取った一年後……フラワ王国は滅んだ。

魔王が現れ、この国を滅ぼしたと記録には残されている。

そして、魔王の傍には、漆黒の騎士がいたという記録も残っている。

これが、黒騎士ヒルデガルドの生きる道となったのだった。

第二章　青の勇者シルキー

俺はひたすら鍛えていた。一日の鍛錬を終えたら飯を食って自主特訓。徹底的に鍛えまくったら、眠って早朝に起きてまた筋トレ。

飯を食って特訓して、魔法も特訓して自主特訓して……ひたすらそんなことを繰り返した。

若い身体はいい。一晩寝れば回復するし、夜食を食べても太らない。

夜食ってなんだ、って？　ああ、実は……。

「勇者様、お疲れ様です」

「ああ。いつもありがとう、メリッサ」

深夜まで練習場で剣を振っている俺を見かねてメリッサが夜食を作ってくれるようになった。毎日具の変わるサンドイッチに、飲み物やタオルまでくれる。

言うなればマネージャーのような存在だ。非常にありがたい。

「お疲れ様です勇者様。そろそろ、休憩のお時間です！」

「ああ、わかった」

時間にして夜の一一時くらいか。

練習場には明かりがないが、月の光が周囲を照らしてくれるおかげで明るく見える。

メリッサが地面に布を敷き、その上に夜食の入ったバスケットを並べた。

「相変わらずすごいな」

「余り物で申し訳ないのですが……」

「いやいや、助かってるよ。このサンドイッチが勇者になるためのエネルギーになってる」

「あ、ありがとうございます」

サンドイッチを頬張りながら、なんとなく聞いてみた。

「なぁ、メリッサはどんなスキル持ってるんだ？」

「わたしですか？　わたしは『掃除』と『裁縫』くらい……あとはその、最近になって『料理』のスキルを習得しました」

「あ、この夜食作りで？」

「はい。勇者様のおかげです。レベルを上げれば料理人補佐の仕事に就けるかもしれません。今はレベル1ですけど、レベル10まで上げればなんとか」

「へぇ〜。料理かぁ……」

夜食作りが役に立ってるなら良かった。あ、そうだ。

「あのさ、この夜食の食材って」

「余り物です。廃棄予定の食材とか……あ!!　もちろん悪くなった物じゃないんです。ちゃんと食べられますから」

「わかってるよ。そっか、見つかったらヤバいかな？」

「だ、大丈夫です。使用人邸のキッチンで料理してますし」

「そっか……じゃあさ、こうしよう」

俺はポケットから小袋を取り出し、メリッサに渡す。

中身は金貨。そう、俺のお小遣いだ。

「こ、これ……」

「食費と手間賃だよ。メリッサに甘えてばかりじゃ悪いしな。これで食材を買って夜食を用意してくれ。残りはバイト代……じゃなくて、手間賃としてメリッサにあげる」

「で、ですがこんな大金!!」

「いいよ別に。金はもらったけど修行で忙しくて使ってないし。こんな美味しい夜食がタダで食べられる方がおかしいからな」

「で、ですが……」

袋の中は、金貨一〇枚とお札《さつ》が一〇枚入っている。この世界の通貨は金貨、銀貨、銅貨、そしてお札。物の価値も日本とそんなに変わらない。お金は日本円にすると、金貨一枚が五百円、お札一枚が一万円ってところだ。合計一〇万五千円……ちょっと渡しすぎたかな。まぁいいや。

遠慮するメリッサに、俺は背筋を伸ばして言う。

「ではメリッサに命じる。そのお金でこれからも美味しいサンドイッチをよろしく頼む。あ、高級な食材とか買ってこいって言ってるわけじゃないぞ。いつも通りの素朴な……あはは、すまん」

「……っぷ、あははっ！　わかりました、このメリッサにお任せを」

メリッサはようやく笑った。

俺はお茶をもらい、一気に飲み干す。

「うっし。じゃあ修行再開といきますか!!」

俺はまだまだ強くなる。そしてロランを迎えに行って、必ず魔王を倒すんだ!!

◇◇◇◇◇◇

「はぁぁっ!!」

シギュン先生の胸を狙って繰り出した疾風突きは、難なく躱されてしまう。先生は俺の真横に移動し、剣を叩き落とそうと木剣を振りかぶり――、

「っだらぁぁぁっ!!」

「っ!?」

俺は無理やり剣を手放し、横薙ぎのラリアットでシギュン先生に裏拳を食らわせる。

予想外だったのか、拳は先生の鎧の胸部分をかすった。俺は足を踏ん張ってブレーキを掛け、追撃の蹴りを見舞う。

こんな動きができる理由。俺は『格闘技』のスキルを得ていた。

剣を振るだけでは成長しないと思い、人形を相手に見様見真似の格闘技を練習していたのだ。

カンフー映画を参考に、木人椿《もくじんとう》を叩くように人形相手に拳足を繰り出していたら、『格闘技』のスキルを手に入れた。

総合レベルも6まで上がり、そこそこ強くなったと自負できる。

だが、まだまだシギュン先生に届かないのだ。

「甘い」

「あだっ!?」

意表を突いたはずの蹴りはあっさり躱され、木剣で叩きのめされた。

くそ、いけると思ったんだけど……残念。

すると、プラウド先生が意外そうに質問してきた。

『格闘技』のスキルを持っていたのか?」

「はい。自主特訓で人形相手に素手で戦ってたら、習得しました」

「ふむ……剣を失った場合の戦術として使えるな。よし、他にも使える武器をいくつか用意しよう。お前は呑み込みが早い。もっといろいろなスキルも習得しておけ」

「はい!!」

と、いうわけで。

プラウド先生が用意した武器を持ち、漫画やアニメで見た動きを真似てみると、新しいスキルをいくつか習得することができた。

まさか一日でこんなにスキルをゲットできるとは。

『短剣技』『弓技』『槍技』『斧《ふ》技』『投擲《とうてき》技』がステータス画面に並び、最初の頃より画面がだいぶ賑やかになった。

どれもまだ武技は習得していない。だが、一通り武器の扱いはできるようになった気がする。

今なら近中遠距離なんでもございって感じだ。

プラウド先生は満足げに頷いた。

「剣技をメインに、他の武器の扱いも指導してやろう。さらに厳しくなるからな」

「よろしくお願いします!!」

「素直でいい返事だ。お前は本当に鍛えがいのある生徒だよ」

「そ、そんな。自分はまだまだで……」

「そうね。増長しても困るから言わなかったけど、あなたなら心配ないわね。いい？　一つのスキルを習得するのに、本来なら数ヵ月は掛かるのよ？　それをあなたはたった数十分、武器を握り、演武を行うことで習得した……私やプラウド以外の者が見たら腰を抜かすわね」

「え」

「オレも正直驚いてるぜ。これが勇者の力なのかと納得しているが、一年もしないうちに追い抜かれそうだ」

「え」

俺っておかしいのかな……？

でもまぁ、早くスキルや武技を習得できるなら別にいいか。

◇◇◇◇◇

魔法の訓練も順調だった。

「魔力総量二千二百……うん、もう立派な魔法使いね」

「や、やったぁ～……ふぃぃ～」

魔力枯渇訓練を続け、『詠唱破棄』のレベルも2になった。レベル2なら三小節以下は無詠唱でいける。これで、ハイファイアとファイアウォールを詠唱破棄できる。念じるだけで高威力の火炎魔法を自在に放てるのは最高だった。

ドロシー先生はモノクルを押さえる。

「とんでもないわね……訓練を初めて一年も経たない奴が、一流魔法使いと同等の魔力を得るなんて。これも赤の勇者の力なのかしら」

たぶん、赤の勇者になった時に呑み込んだ宝石の力……かもしれない。

成長促進効果でもあるのかな。今のところ、勇者っぽい力は感じないけど。

「使える呪文も増えてるわね。順調順調。そのまま訓練を続ければ、もっと強力な呪文も覚えられるわ」

「はい」

ステータスを開く。

『赤魔法：レベル5』の横に、『メガファイア』『オールファイア』が追加されている。

メガファイアは名前的にハイファイアの上位だとして、オールファイアは？

「ドロシー先生、オールファイアってなんですか？」

「オールファイアは全体攻撃魔法よ。あんたが指定した複数の敵にファイアを同時に食らわせるわ」

「おお……すごい」

「魔力の消費が激しいから気を付けなさい。それに、詠唱文を見ればわかるように、レベル2の詠唱破棄じゃ発動しないから。ちゃんと詠唱文を唱えなさいよ」

「はい」

詠唱文ねえ……。

・メガファイア
『紅蓮《ぐれん》の炎よ、全てを焼き尽くす炎よ、我が願いを聞き現れよ、メガファイア』
・オールファイア
『炎の嵐よ、我を仇《あだ》なすものを焼け、紅蓮の裁きを、そして怒りを、オールファイア』


……長いな。

しかも詠唱文って、全体的に文章が中二臭いんだよな……これは詠唱破棄できるまで使いたくない。というか、わかっていたが見事に炎系だけだ。赤の勇者だからなんだろうか。

「そういえばあんた。他の勇者のこと聞いてる？」

「え？　シルキーとマッケンジーのことですか？」

「…………まるで知り合いみたいな言い方ね。あたしも名前を聞いたの今朝なのに」

やべっ、まだ会ってないのに、この態度はおかしかったか。

慌てて言い訳を考えた。

「え、えーと……俺もついさっき聞いて。その、同じ勇者だし、早いうちに仲間意識を持っておこうかな～……なんて」

「ふーん。まぁいいけど。それより、青の勇者がここに向かってる話は聞いてる？」

「青の勇者？　シルキー……さんがここに？　何故？」

「ま、勇者だしね。顔合わせくらいはしに来るんじゃない？」

シルキーか……大丈夫かな。

前のクレスの記憶では、シルキーとは初対面で大喧嘩になったんだよな。

あいつ、勇者に選ばれたことを誇りに思ってるから、舐めた態度のクレスと大喧嘩したんだ。いや、シルキーが高飛車に振る舞っていたのも良くないんだけど、ともかく早々に見切りを付けられたっけ。

それに、クレスの勇者になる前の行いについても、相応しくないとかいろいろと言っていたっけな。

「なるほど……青の勇者は後方支援、魔法のプロでしたっけ」

「ええ。『青魔法』をメインに、各種属性魔法を習得しているらしいわ。ま、あたしのが上だけどね」

「それはそうでしょう。ドロシー先生ほどの魔法使いはこの国にいない。俺はドロシー先生の生徒であることを誇りに思っていますよ」

「っ!! そ、そう……ありがとう」

「いえ、お礼を言うのは俺の方です」

ドロシー先生には感謝しかない。

それに、教えてほしいことはまだたくさんある。

「あ、あのさ……その、今度良かったら、一緒にご飯でも『失礼します!!』……」

ドロシー先生がモニュモニュと何か喋るのを兵士さんの元気な声が遮った。

敬礼して、俺たちの前に進み出る。

「赤の勇者様、国王陛下がお呼びです!!　正装に着替え、謁見の間までお越しください!!」

「わかりました。伝令、ありがとうございます」

兵士さんに頭を下げ、ドロシー先生に言う。

「申し訳ありません。用事ができましたのでまた」

「……………そうね」

何故か頬を膨らませるドロシー先生に頭を下げ、俺は着替えるため自室へ向かった。

◇◇◇◇◇◇

メリッサに髪を整えてもらいながら、『青の勇者』シルキーのことを思い出す。

青の勇者は魔法特化の勇者だ。国の中で魔法適性が特に高い者が選ばれるらしい。

シルキーは攻撃魔法に特化していたのだが、前のクレスは使い物にならなかったので、自分が前衛で戦えるようにと剣技を鍛えていた。

だが、赤の勇者のような適性のない青の勇者では、一般兵程度でしか『剣技』のレベルが上がらない。かといってクレスのせいで後衛にも回れないシルキーは、結果として不得意な近接戦闘の間合いで魔法を使って戦うという、最悪なスタイルになっていた。

クレスは、彼女にかなり嫌われていた。どころか、憎まれていたと言っても過言ではない。

死に際に放たれた呪いの籠もった言葉は本心だろう。あの目も、声も、一生忘れられそうにない。

でも、今度は違う。光一の精神で謙虚に生きることを誓った今のクレスなら、あるいは彼女と仲間になれるかもしれない。

「よし、どうかな？」

「はい。お似合いです勇者様！」

鏡の前に立って確認すると、メリッサが称賛してくれた。

「はぁ……緊張する」

「相手は国王陛下ですからね。仕方ないですよ」

「あはは……」

実は、俺を呼んだのは国王じゃなくて、シルキーなんだよな。

転生前の記憶が確かなら、シルキーは俺へのアポもなしにここに来たんだ。自分のレベルが10を超えたから、他の勇者がどんなレベルなのかを確かめに来たとか言って。

転生前のクレスはまだレベル1のままで、鼻で笑われたことを覚えてる。

今のクレスを見たらどんな反応をするだろうか？

「勇者様。わたしは応援しかできませんが……頑張ってください！」

「ありがとう、メリッサ」

メリッサは、夜食を作るようになってから態度も徐々に砕けていった。今では年の近い友人のような関係だ。

転生前のクレスは横柄に振る舞っていたせいで、めっちゃ避《さ》けられてたからな。これも礼儀正しく謙虚にしているおかげだろう。

俺は剣を腰に差し、深呼吸した。

「よし、行ってくる」

「行ってらっしゃいませ、勇者様」

メリッサに見送られ、俺は自室を出て謁見の間へ向かった。

長い廊下を歩き、やがて謁見の間に到着する。

扉を開けると、既にシルキー以外の人たちは集まっていた。

国王様の前に進み出て跪く。

転生前のクレスじゃあり得ない行動だが、国王を前にしたらこれが普通だ。

「面を上げよ」

「はっ」

「騎士プラウド、騎士シギュン、魔導士ドロシーより報告は受けている。修行は順調のようだな」

「はっ。プラウド殿、シギュン殿、ドロシー殿の教えを受け、日々成長している実感があります」

「そうか。魔王討伐も夢ではない。このまま励むように」

「はっ‼」

まぁ、実際に魔王を討伐するのはロランだ。俺は強くなってサポートに徹するつもりだけどな。

そうだ……国王に依頼してロランを捜してもらうのはどうかな。

でも、奴隷を一人捜してもらうためには、黄金の勇者の話をしなきゃならんしなあ……。

ドロシー先生やプラウド先生たちに「黄金の勇者って知ってます？」って聞いても「なんだそれ？」って感じだったしな。この国の伝承にも、三人の勇者の話以外は存在しないようだった。

とりあえず、転生前の記憶が正しければ、ロランはマッケンジーがいるジーニアス王国の奴隷商館にいたはずだ。

あの時も最悪だった……。クレスは、マッケンジーと初対面で大喧嘩して、苛立ちを発散すべく城下町の娼館で遊んでいたんだ。

それでもイライラが収まらず、たまたま目に入った奴隷商館でロランを買い、サンドバッグ代わりにして発散していたのだ。

救いようのないクズの所業だが、俺は絶対にそんなことはしない。

「勇者クレス。いきなりだが、今日ここに青の勇者シルキーが来城している」

「左様でございますか」

「……驚かぬのだな」

やべっ、今のは驚くところだよな。

シルキーはノンアポでここに来たんだ。本来なら修行期間中だし、王国の予定でも顔合わせは先のはず。

しかもその動機も、レベルが高くなったからマウントを取りに来たっていう突発的なものだ。だから俺が知っているはずもない。もしかすると今回も、レベル差を理由にマウント取られるかもな。

「いえ。いずれ顔を合わせ共に戦う身。顔を知らずとも仲間であると、勇者に任命された時から心の中に。私は一人ではない、そう思い修行に励んでいましたので」

「なんと……」

ふぅ、なんとか誤魔化《ごまか》せた。ちょっとクサいセリフだったけど。

すると、なんだか外が騒がしいのに気づいた。

焦ったような声を、若い女性の声がはね除《の》ける。

……ああ、来たな。

「お待ちください、謁見の許可はまだ」

「うるさいわね。中にいるんでしょう？　赤の勇者様、がね」

「あ、青の勇者様、お待ちを！」

謁見の間のドアが開き、一人の少女が入ってきた。

青く長い髪、魔法使いっぽい杖を持ち、どこか猫を思わせる挑発的なまなざし……外見は間違いなく美少女だ。確か、スタイルも抜群のはず。

「あなたが赤の勇者クレスね。初めまして、あたしはシルキー……青の勇者よ」

どこか見下すような声で、俺とシルキーは『再会』した。

「あなた、レベルは？」

「…………」

「聞いてるの？　ちょっと!!」

「王の御前だ。勇者だからと言って礼儀を忘れてはいけない。青の勇者シルキー」

「なっ……」

ちなみに、俺は跪いたままだ。

転生前は、ここで大喧嘩したんだ。怒鳴り合い、掴み合い、騎士数人がかりで止められるまで、互いを口汚く罵《のの》って……。

俺の評価はここで一気に落ち、シルキーのそれも落ちた。でも、シルキーは実力もあったし徐々に認められていくんだよな。

ここは、謙虚さを忘れてはいけない。

「青の勇者よ。赤の勇者クレスの言う通りだ。貴殿はここでは客人にすぎん。これが青の勇者を派遣したブルーノ王国の流儀というなら、あちらの国王に話をすべきかもしれん」

「っく……し、失礼しました」

シルキーは俺の隣で跪いた。

……めっちゃ殺気感じるな。

さて、これで、出会ってすぐに喧嘩することはなくなった。俺とシルキーの評価も落ちることはない。未来は変わったぞ。

でも、これ絶対に後で絡まれるパターンだよなぁ……仕方ないか。

「青の勇者よ。貴殿が来られるということは事前に聞いておらぬのだが、何用かな？」

「はい。同じ勇者として、赤の勇者クレスの実力を確かめに参りました。私が力を貸し、共に戦うに値する人物かを……」

「なるほど」

「事前に、町で情報を集めました。どうやら彼は以前、城下町でも噂の不良だったとか……窃盗《せっとう》や恐喝《きょうかつ》、喧嘩などは日常茶飯事《にちじょうさはんじ》。窃盗団の頭目でもあるという話も聞きました」

おいおい、そんな大層なもんじゃないって。

確かに、悪ガキどものリーダーだったけど……喧嘩もしたしカツアゲもしたし、飲食店でただ食いしたし、今でも過去につるんでいた連中は似たようなことやってるけど、俺は手を切っている。

まずいな。ここで真面目に頑張っていること、城下町には伝わってないみたいだ。

「ふむ。だが、貴殿は知らぬようだな。赤の勇者クレスの成長ぶりを。我が国の騎士団長、そして王国一の魔導士も認めるところである」

「なるほど。ですがそれは上辺だけかもしれません。何か魂胆があるかも……」

うわ。壁際に立ってるプラウド先生とシギュン先生の眉間にしわが寄っている。いつの間に来てたのかドロシー先生もいるし……ヤバい、シルキーの奴に怒ってるかも。

「赤の勇者に質問を。あなたのレベルはいくつでしょう？」

「よさぬか。他者にレベルを問うのは無作法であろう」

「構いません。私は現在、レベル7です」

「……っふ」

シルキーの奴、勝ち誇った顔をしやがった。

「なるほど……勇者に任命後に修行を始めてレベル7とは……。私のレベルは既に15。赤の勇者様、これは怠慢ではないでしょうか？　少なくとも……このような弱者と魔王討伐が果たせるとは思えませんね」

「異議あり!!」「異議あり、ね」

あ、プラウド先生とドロシー先生が挙手した。というかレベル10じゃないじゃん。前回は嘘を吐いていたのか。

「赤の勇者の成長は素晴らしい!!　既に武技も習得し、『剣技』以外に多数の武器スキルも所持しています!!　レベルが上がらないのは武器スキルの数が多いからで、もし『剣技』スキルだけだったらレベルは既に15を超えているでしょう!!」

「あたしも反論するわ。勇者クレスの『赤魔法』レベルは確かに低い。でも、その集中力は称賛に値する。『赤魔法』レベル2で『詠唱破棄』スキルを手に入れるくらい魔法適性度が高い。もし彼が青の勇者だったら、レベルは20を超えているでしょうね」

おいおい、擁護《ようご》は嬉しいけどステータスをバラしすぎじゃね？

なおも食って掛かろうとする二人を、他の騎士が押さえた。

「と、言っておるが……どうかの？　青の勇者よ」

「…………では、実力でもって証明を」

「実力？」

「はい。私が連れてきた護衛に腕の立つ剣士がいます。彼と模擬戦を行い実力を証明すれば……赤の勇者として認めましょう」

「ほぅ、面白い。クレスよ、どうかな？」

「わかりました。お受けしましょう」

俺は澄ました顔で言うが……ヤバい、模擬戦だと!?

こんなイベント、前回はなかったぞ。どうしよう。

「よろしい。訓練場をお借りします。勝負は二時間後。では失礼」

シルキーは去った。

というか……二時間後って!?　展開早くね!?

◇◇◇◇◇◇

「ぶちのめせ」

「殺せ」

「焼き尽くしなさい」

「あ、あの……お、落ち着いて」

訓練場。プラウド先生、シギュン先生、ドロシー先生が、青筋を浮かべて俺に詰め寄る。

どうも、シルキーの舐めた態度が頭に来てるようだ。仕方ない、誰が見たって赤の勇者を貶《おとし》めに来たとしか考えられないからなあ。

シルキーのプライドの高さは既にわかっている。自分が三人の勇者の中でもっとも上だと示すのが、彼女にとっては自然なことなんだろう。

俺は木剣を振り、息を整える。今はただ、模擬戦を乗り切るだけだ。

すると、プラウド先生が言う。

「……前から思っていたがクレス。その木剣、使いやすいか？」

「……実は、少し使いにくいと感じています」

木剣の形状は、両刃のショートソードだ。大柄な兵士のために作られており、柄も太い。

クレスの手はあまり大きくないので、もっとガッチリ握りやすい方が好みだ。

すると、シギュン先生も言う。

「以前から感じていたけど、クレス……あなたの剣は鋭いわ。叩き潰すというより斬り裂くような太刀筋ね。この模擬戦が終わったら、試してみたいことがあるわ。武器についても考えましょう」

「はい。わかりました」

そして、ドロシー先生も。

「いい？　魔法を使うならファイアだけにしておきなさい。魔力消費が少ないし、『詠唱破棄』もあるから連射もできる。剣同士の戦いなら目くらましに使えるでしょうね」

「わかりました、ドロシー先生」

「それと、その……気を付けなさい。怪我でもしたら明日の訓練に差し支《つか》えるからね」

「はい。気を付けます」

「ん……」

ドロシー先生、顔が赤いな……何か不安でもあるのだろうか。

すると、何故かプラウド先生とシギュン先生がドロシー先生の肩をバンバン叩いた。

「若いっていいなぁ、シギュンよ」

「私は二〇代よ？　あなたのようなおっさんとは違うわ」

「お、オレだってまだ三〇代だ!!」

「おっさん、おばさん、うっさい」

「なんですって!?　私は」

「おっさんじゃねーし!!」

け、喧嘩が始まってしまった……何これ、どうすりゃいいの？

「待たせたわね」

と、練習場へやってきたのは、屈強な男とシルキーだ。

「彼があたしの護衛にして我が国の騎士、マーヴェリックよ。あなたの相手は彼がするわ」

「よ、よろしくお願いします」

「よろしくお願いします……」

頭を下げると、マーヴェリックは一歩前に出て一礼を返してきた。低音の利いた、なかなかのイケボイスだ。

武器は大剣……の形をした木剣。

マーヴェリックは俺より身長が高いし筋力も間違いなくある。実戦経験も豊富そうだし、何より……雰囲気がめっちゃ怖い。

紺色のジャージ上下にサンダル履かせて竹刀《しない》を持たせれば、昔よくいた教育指導の怖い先生のイメージそのままだ。

「ふふん。マーヴェリックの『剣技』レベルは22、あなたでは絶対に勝てないわ」

「え」

いやいや、なんでそんなのと模擬戦させようっての？

「安心なさい。あなたが勝てないのは当然として、私のパーティの前衛に相応しいかの試験です。先ほども言ったように、実力を見せなさい」

「…………わかりました」

いやはや、どこまで上から目線なのよ。『私のパーティ』って、他にマッケンジーもいるんだぞ？

でもまぁ、先生たち以外で、こんな強敵と模擬戦できる機会はない。

「勉強させていただきます」

「……ああ」

間違いなく勝てない。目標は……一発でも当てることだ。

両者睨み合った後……合図が下され、模擬戦が開始された。

「先手必勝!!」

相手の武器は大剣。取り回しに難ありと見た俺は、細かい動きで翻弄《ほんろう》することにした。

夜間の自主特訓で走り込みもしてるし、体力には自信がある。

左右に動きながら狙いを付けさせず、マーヴェリックの背後に移動した。

「二連斬り!!」

背中を狙った二連斬り――。

「――回転斬り!!」

「な」

だが、マーヴェリックは大剣を構え回転。

遠心力と剣の重さで威力を増したそれが、背後の俺を襲う。

これが、大剣の武技なのか――!?

「ぐ、おあぁぁぁっ!?」

横から迫る大剣をガード……するも、俺の木剣がへし折れ右腕に攻撃がヒットする。

木剣で威力が弱まったおかげで、直撃しても気を失うことはなかった。

……ごめん、めっちゃ腕が痛いです!!　青痣《あざ》できてるし!!　いてぇ!!

「なんとまぁ……この程度なの？」

「……っぐ、まだまだぁ!!」

俺は折れた木剣の剣身を右手で掴み、左手で柄の部分をクルクル回して構える。

「……短剣技」

「はぁぁぁぁっ!!」

そう、短剣技だ。

レベル1の短剣技、武技はまだ習得していないけど、全く扱えないわけではない。

あの回転斬りがあるから迂闊《うかつ》に近づけない。

俺は一定距離を保ったまま動き回り、マーヴェリックの隙を窺う。

「ほう、速いな」

マーヴェリックは驚いているようだ。というか、常に全力で動き回るのは、想像以上につらい。

右腕はまともに動かないいし、攻めあぐねている間にも体力は消耗していく。

決めるなら、一発で決めるしかない!!

「――はぁっ!!」

「ぬっ!? 『投擲技』だと!?」

折れた剣身をマーヴェリックの後頭部に投げ付ける。わずかに振り向いたマーヴェリックは、初めて顔色を変えた。

てっきり隙を突いて『短剣技』で来ると思っただろ？ 違うんだなこれが!!

俺は『投擲技』も習得してるんだよ、レベル1だけどな!!

マーヴェリックが身体を反って剣身を躱す。その体勢では大剣は振れないだろ。チャンスだ、今なら回転斬りは来ない！

「今だぁぁぁぁぁぁ――――――ッ!!」

「ちぃっ」

俺は一気に接近。折れた柄を握りしめマーヴェリックの背中を狙った一撃を――。

――あれ、視界が黒――。

…………。

「――あれ……」

「起きた……良かった」

「……ドロシー先生？」

目を開けると、ドロシー先生が俺の顔を覗き込んでいた。

何やら腹がズキズキする。めまいもするし……そうだ、模擬戦はどうなったんだ？

「あんた、お腹に蹴り食らって失神したのよ」

「え」

「ってか、なんで魔法使わないのよ。アホみたいに走り回って汗だくになって、『投擲技』じゃなくて魔法使いなさいよ魔法」

「あ」

やべ、魔法のこと忘れてた。勝手に剣で戦わなきゃという固定観念を作ってしまっていた。

どう言い訳したものか迷っていると、マーヴェリックとプラウド先生、シギュン先生が俺の近くに来た。

　プラウド先生は大きく頷いた。

「完敗だな。まぁ、勝てるとは思っていなかったが……武器を失った時、咄嗟に戦術を変えるのは良かった」

　そして、マーヴェリックが俺に質問する。

「……お前、いくつ武器スキルを習得している？」

「えーっと……七つです」

「なんと……その若さで、大したものだ」

「す、すごいことなんですか？」

「当然だ。武器スキルを一つ覚えるだけでも長い修練が必要なのだ。普通は一つ、多くても二つだろう」

「そ、そうなんですか？」

　知らなかった……武器スキル、そんなに習得が難しかったのか。結構簡単に覚えられたけど。

　ま、勇者の力ってことにしておくか。

「お嬢、勝ち負けじゃないんですよね？　いやはや、こいつは良い原石だ。磨けばとんでもない勇者になるでしょうぜ」

　マーヴェリックは意外と饒舌《じょうぜつ》だった。楽しげに、シルキーに話し掛けている。

「…………」

　シルキーはそっぽを向き、俺をちらちら見ていた。

俺はシルキーの傍に行き、はっきり言った。

「青の勇者様。見ての通り俺は未熟です。前衛としては頼りないかもしれませんが……約束します。青の勇者であるあなたを守ります」

「へ……？」

「赤の勇者は攻撃特化。そして、魔法で戦う青の勇者を守るための剣。俺はここに誓います、あなたを守り抜き、魔王討伐を果たすことを」

「へ、え、えぇぇぇぇっ!?　あ、あ、あたしを守るって、その」

シルキーは真っ赤になって後ずさる。

やべ、また中二臭いセリフを吐いてしまったか。シルキーがドン引きしてる。

「まま、守るって、そそ、そう？　ゆ、勇者だしね。うん」

「はい。俺はあなたを守ります……絶対に」

「……う、うん。わかった」

転生前のシルキーは、クレスを恨み抜き、怨嗟の言葉を残して死んだ。

でも、今の俺は違う。同じ勇者であるシルキーとマッケンジーを守ってみせる。

今度は絶対に死なせない。そのために強くなる。

「マーヴェリック殿、またお手合わせ願えるでしょうか？」

「ああ、いつでも相手しよう」

「プラウド先生、シギュン先生。これからは一層厳しいご指導をお願いします」

「わかった。ふふ、いい顔になったじゃないか」

「そうね。鍛えがいがあるわ」

「そして、ドロシー先生……ドロシー先生?」

「何よ」

「えっと、これからもご指導を……」

「……別にいいけど。ふん、守るとか……何よそれ」

「え?」

「な、なんでもない!!」

そう叫んで、ドロシー先生はそっぽを向いてしまった。

どうやら俺は、無自覚に人を怒らせてしまう癖があるようだ。反省しなければ。

幕間　魔王軍幹部『吸血鬼』ブラッドスキュラー

　とある国の郊外にある洞窟。明かりのないその場所で、闇に溶けるような長い黒髪の女が一人佇《たたず》んでいた。

「はぁ……渇くわぁ」

　女の近くには、大量に転がる魔獣の死骸《しがい》……全て、血が抜かれてカサカサになっていた。

「魔王様……早く、早く復活してほしいわぁ」

　魔王が封印されて何年経ったか。女はもう覚えていない。

　惰眠《だみん》から目覚め、獲物を見つけ血を啜る。それだけの怠惰な日々だ。

『もし自分が封印されるようなことがあれば、復活まで力を蓄えよ』。それが、魔王が幹部たちに残した命令であった。

　この女の名はブラッドスキュラー。魔王軍幹部であり、絶滅した『吸血鬼』の最後の生き残りだ。

「もっと血が欲しい……もっと」

　彼女は常に、ひたすらに飢えていた。

　吸血鬼とは、読んで字の如く、他者の血を吸う種族である。

　だが、実は吸血鬼は血を吸わなくても生きていける。血は人にとっての酒のようなものであり、飲むとほんの少しだけ酩酊《めいてい》するような嗜好品《しこうひん》だ。

　生きるために必要なエネルギーは食事で賄《まかな》える。人と外見も変わらないので、普通に人間社会で働く者も多かった。味の個体差が激しい血液など、わざわざ誰かを襲って手に入れる必要はないのだ。

そんな吸血鬼たちにも、故郷と呼べる場所が存在する。

ブラッド王国。そこは吸血鬼の作った、吸血鬼の王国だった。

吸血鬼の国とは言うが、王国には普通に人間も獣人も虫人も住んでいる。統治しているのが吸血鬼であるだけで、平和な良い国であった。

そんなブラッドの王族に、ある日、一人の少女が生まれた。

彼女の名はエヴァンジェリン。王と王妃の間に生まれた、一〇番目の子供。

後に、最悪の吸血鬼ブラッドスキュラーと呼ばれることとなる少女であった。

両親の寵愛を受けてすくすくと育ったエヴァンジェリンは、その艶《つや》めいて美しい黒髪と、ルビーのような真紅の瞳でもって、周囲を魅了していた。

特筆すべきは彼女の魔法の才だ。『黒魔法』に適性のある彼女は、その熱心な姿勢も相まって幼いながらも順調にレベルを上げていた。

将来は魔法使いを目指すという夢を教師に応援されるほどの才能は、周囲も認めるところであった。それがエヴァンジェリンの、一〇歳の時である。

ある日。エヴァンジェリンはいつものように魔法の勉強をしていた。

エヴァンジェリンの姉ラスラパンネは、頑張り屋の妹に差し入れをしようと、彼女が勉強をしている王宮図書館に向かった。

ラスラパンネは自らクッキーを焼き、読書をしているエヴァンジェリンの背後にこっそり近づく。

そして、真面目に読書をしているエヴァンジェリンの肩をポンと叩いた。

「エーヴァっ！」

「きゃっ!?　お、お姉様……もう、驚かせないでくださいませ！」

「うふふ。ごめんなさいね、頑張るあなたが可愛くって……あら？　何を読んでいるの？」

「あっ……」

ラスラパンネは、驚かせたことで落ちた本を拾う。

タイトルは、『古《いにしえ》の吸血鬼』……大昔の吸血鬼たちのことが書かれた本だった。

「吸血鬼の本？」

「ええ。私たち吸血鬼の祖先は、どのような暮らしをしていたのか、どのような文化を築いたのか。

少し興味がありまして」

「へぇ～……エヴァはお勉強好きなのね。私はお料理やお菓子作りの本ばかり読んじゃうわ」

「うふふ。お姉様のお菓子、私は大好きです」

「うん。じゃあ、一緒にお茶でも飲みましょう」

――ラスラパンネは気づいていなかった。妹の読んでいた本は、それだけではなかったのだ。


エヴァンジェリンが一三歳になる頃……ブラッド王国では不可解な事件が頻発するようになった。

一つは、農家が飼っている家畜が行方不明になるという事件だ。

牧場が荒らされたり家畜が無理に脱走した形跡はなく、朝になってみると厩舎《きゅうしゃ》からこつ然と姿を消している。まるで神隠しだと騒ぎになった。

同じく、王国を訪れた者が姿を消すという事件も起きた。宿に泊まった旅人や商人が、荷物はそのままで消えてしまうという事件だ。騎士団による調査も行われたが、原因が全く不明ということで程なくして調査は打ち切られた。

その後も事件はひと月に一度くらいの頻度で発生した。前の事件が忘れられそうになる頃に、また同じ事件が起こるのだ。さすがに見過ごせないということで、騎士団には専門の調査隊が設置された。

だが、調査隊が設置されると同時に事件はピタリと止む。

まるで、我々の動きを知っているかのようだ……と、騎士の誰かが言った。

奇妙な事件は数年続き、そしてエヴァンジェリンが一六歳になった頃。

彼女も婚約者が決まる歳となり、それには従兄《じゅうけい》であるアルフレッドが選ばれた。

有能で、かつエヴァンジェリンを愛していたアルフレッドであれば、次期国王としても相応しい。

家族全員も、これで王国は安泰だと安堵していた。

――だが、その平和が仮初《かりそめ》のものであるなど、この時誰が予想しただろうか。


エヴァンジェリンが一八歳になった年。

すっかり忘れられていた失踪事件が再発した。しかも今度は、王国民も消えている。

調査隊の指揮を執《と》った王国騎士団長のセドリックは、事件の詳細を王族には伝えず、秘密裏に調査を行っていた。

エヴァンジェリンの結婚式の前には片を付けなければならない。捜査を続けるうち、セドリックは犯人に繋がりそうな痕跡を発見した。

「これは……魔力痕だ。それも、巧妙に隠蔽《いんぺい》されている」

とある宿の一室。ほんのわずか、隠蔽された形跡のある魔力痕を見つけた。調べたところそれは、高レベルの黒魔法で習得できる、離れた影同士を繋いでゲートとする高位呪文『ブラックゲート』の痕跡だ。これを使えば確かに、人や家畜を連れ去ることは容易だろう。

王国内でのみ起こる事件が、外部の者の仕業《しわざ》である可能性は低い。そこでセドリックたちは、『黒魔法』を習得している者たちを徹底的に調べた。

だが、怪しい者は一向に見つからない。

残る可能性があるとすれば……王族だ。

あえて調査対象から外していた彼らのうちの誰かが、犯人である可能性。

セドリックは自身の直感を疑いながらも、捜査せざるを得なかった。


ある日の深夜。ラスラパンネは寝つくことができず、城内を散歩しようとベッドから抜け出した。

城の中を歩いているうち、ちょっとしたいたずらを思い付く。

「……エヴァンジェリン、起きてるかしら？」

昔は、一緒のベッドに潜って寝ていた。二人で真夜中に城を歩き回ることもあった。

結婚してしまえば、姉妹の時間は減るだろう。寝室に行き来することも難しくなる。

「ようし……」

ラスラパンネは、こっそりとエヴァンジェリンの部屋へ向かった。

足音を消し、こっそり部屋に入って驚かせる。昔もよくやったお遊びだ。まさか、この歳でやることになるとは。

エヴァンジェリンの部屋の前に到着したラスラパンネは、ふと違和感に気づいた。

「……あら、魔力？」

エヴァンジェリンの部屋から、魔力が感じられた。

ラスラパンネも魔法スキルを得ているので、魔力を感知できる。

こんな時間に何をしているのか。ラスラパンネはそっと部屋を覗く。すると、エヴァンジェリンが魔法を使っているのを目撃した。

「あれは、黒魔法……？」

エヴァンジェリンが『黒魔法』スキルを熱心に学んでいることは知っている。だが、こんな夜中に何をしているのかはわからない。

――恐らく、ここがターニングポイントだったのだろう。話し掛けるか、見て見ぬふりをするか、それとも……この国から逃げ出すべきか。

ラスラパンネが選択したのは、沈黙して見守ること。結論から言えばそれは、最も悪手《あくしゅ》だった。

正確には、沈黙せざるを得なかった。

わずかに見えた最愛の妹の横顔が……あまりにも妖艶に思えたからだ。

「ふふ……」

エヴァンジェリンが静かに微笑むと同時に、足下《あしもと》に黒い闇が広がる。そして、エヴァンジェリンの身体がトプンと闇の中に沈んでいった。

「…………」

その様子を最後まで見たラスラパンネの全身に、悪寒《おかん》が走った。

誰もいなくなった部屋を見回し……エヴァンジェリンを呑み込んだ闇がまだ広がっていることに気が付く。そして、その闇はまるで、自分を誘っているかのように見えた。

「……エヴァンジェリン」

妹が、何かをしている。

ラスラパンネの心臓が高鳴る。どうすべきなのか決断を迫られる。騎士を呼ぶべきか、それとも今すぐ闇に飛び込んで妹を連れ戻すべきなのか。

ややあって、ラスラパンネは決意した。

「……えいっ！」

目を閉じて闇の中へ飛び込む。ぬるま湯に浸かるような感覚。やがて闇を抜け、気が付くと、どこか古びた地下道のような場所に出ていた。

鼻を突く異臭に、ラスラパンネは思わず手で鼻と口を押さえる。本当にこんな所に妹がいるのだろうか。

とりあえず奥へ向けて歩く。

地下道は狭いようで、すぐに最奥《さいおう》に到着した。

そこにあった人影に、ラスラパンネは目を剥いた。

「あら？　どうしてお姉様がここに？　……ああ、『ゲート』を通って来たのね？」

自分は夢を見ているのかという錯覚。

結果として妹は見つかったが、目の前のそれが、本当に妹なのか確信が持てない。

「ふふ、見られちゃった……ずっと隠してたのに、見られちゃったぁ」

「え、エヴァンジェリン……こ、これ、は」

「ふふふ。私の秘密……そうだ、お姉様にだけ教えてあげる！　私ね、ついになれたの、真の吸血鬼に！」

「ぁ……」

目が闇に慣れてくる。

そこは半円の空間。染みだらけの本が山積みにされ、様々な生き物の骨が大量に散乱している。

脇に置かれた木桶の中には、ぐちゃぐちゃの内臓のような肉が詰め込まれており、傷だらけの木のテーブルには、血にまみれた厳《いか》つい工具が転がっている。

ここで誰が、何をしていたのか。言われずとも、想像に難くない。

「私ね、小さい頃からずっと興味があったの。『吸血鬼』っていうくせに、どうしてみんな血を吸わないのかなぁって。みんな普通に食事してるし、血じゃなくてワインとか飲んでるでしょ？　不思議に思って調べたの。そうしたらいくつかわかったのよ。大昔の吸血鬼はね、血を吸うことでいろんな力を出せたんだって！　古い文献を読んだら当時の吸血鬼がどんな姿だったのか挿絵があったの。はぁ……綺麗だなぁ」

エヴァンジェリンが血まみれの本を手に取り、挿絵の入ったページを見せてきた。

それは、異形だった。蝙蝠《こうもり》のような翼が生え、魔獣のような相貌《そうぼう》、長い髪が蛇のようにうねり、獲物の血を啜るバケモノが描かれていた。

「ひっ……」

「私、いろいろなヒトや動物、魔獣の血を吸ってみたの……そうしたら、成功したの！　私、真なる吸血鬼になれたんだぁ！」

「え、エヴァンジェリン……」

「それでね、お姉様。お願いがあるの……お姉様の血を、ちょっぴり吸わせてほしいな。まだ、吸血鬼は試したことがなかったから」

「っひ……」

エヴァンジェリンの長い黒髪が、蛇のように揺らめいた。

そして、ゆっくりと伸び、やがてラスラパンネの腕に絡み付く。針のような毛先が皮膚に食い込んだ瞬間、ラスラパンネはそこから、体内の物が抜け出ていく感覚を味わった。どうやら、髪から吸血されているらしい。

「ぁ、ぁぁ……」

「すごい……お姉様の血、すっごく美味しい……!!」

ゴクン、ゴクン、ゴクン――。

ほんの少しだけ、そう言ったはずなのに。

気が付けばラスラパンネは、全ての血を吸い尽くされてミイラのようになっていた。カラカラに乾いた死体が崩れ落ちる。

「……吸血鬼の血って、すっごく美味しい♪」

その後、ラスラパンネは行方不明者として扱われるようになった。

そしてその一年後。次々と王国民が失踪していき、やがてブラッド王国は滅亡した。

たった一人だけ残った王国民は、美しい黒髪を持つ吸血鬼であったという。

◇◇◇◇◇

「美しいな」

「……あなた、誰?」

滅亡したブラッド王国の玉座に座るエヴァンジェリンの前に、妙な男が現れた。

男の傍《かたわ》らには漆黒の騎士がいる。殺気に満ち溢れ、いつでもエヴァンジェリンを殺せるという意思が感じられた。

男は黒騎士を制し、ゆっくり前に出る。

「私にはわかる。お前は血を求め、勝手気ままに振る舞う性《さが》の持ち主だ。そんなお前はとても美しい」

「あら、ありがとう。じゃあ……血をくれるの？　そっちの黒い女の子も美味しそうね?」

「気に入った。お前を我が配下にしてやろう」

「あら嬉しい。じゃあ……いただきます」

エヴァンジェリンの髪が広がり、蛇のようにうねり、男の身体に突き刺さった。

黒騎士が動こうとしたが、それでも男は手で制する。

「……ッ!?　が、がっは!?　ぐぇっ!?」

「む、どうした？　吸わないのか？」

エヴァンジェリンは吐血《とけつ》した。男の血は猛毒だった。

拘束を解《と》いた男は、ゆっくりとエヴァンジェリンに歩み寄る。毒で崩れ落ちたエヴァンジェリンをそっと抱き上げ、その唇を奪った。

「……美味い。お前の血は美味である」

「ぁ……」

エヴァンジェリンは、初めて血を吸われた。

そして、男に恋をしてしまった。

口づけは、エヴァンジェリンの毒を吸い出す行為であったが、その真意など、エヴァンジェリンには関係なかった。

男は、エヴァンジェリンの頬に手を当て……微笑んだ。

「今日からお前は『ブラッドスキュラー《血吸い姫》』だ。美しき私の下僕《しもべ》」

「は……はい」

こうして、魔王軍幹部ブラッドスキュラーが誕生した。

第三章　修行

マーヴェリック殿との模擬戦から早一ヵ月。俺は順調にレベルを上げていた。

総合レベルは8になり、メインの『剣技』スキルもレベル9。さらに『大剣技』と『双剣技』も新たに習得し、それぞれレベル2まで上げてある。

マーヴェリック殿には感謝しかない。彼ほどの体格がない俺でも、彼の武技を習うことですぐにレベル2に到達できたのだから。

『剣技』のレベルも10までもう少し。一人前の勇者になれる日も近いだろう。

だが、順調だった修行も、思わぬところで翳《かげ》りが見えた。

「あんた、レベルが上がるの遅いタイプね」

「え……」

突然、シルキーがそんなことを言い出した。

「恐らくだけど、多種多様なスキルを覚えやすい代わりに、総合レベルが上がりにくいタイプなのよ。あたしの総合レベルは今、18。アストルムに来てからかなり上がったわ。新しいスキルこそ入手してないけどね」

衝撃の新事実に絶句してしまう。

ちなみに、彼女は本来、とっくに自分の国に帰っているはずだ。ところが何故か、模擬戦以来ずっとアストルムで鍛錬を続けている。

どうしてなのか聞いてみたのだが、

『あ、あんたとあたしはパーティを組むのよ？　その……れ、連携もあるし！』

とのことだ。そう言いつつも、この一ヵ月、連携訓練はしていない。

今だって俺が呼び出されて魔法訓練場に来たというのに、俺の戦法について高説を述べるのみだ。

「ま、多種多様なスキルを組み合わせる戦法は悪くないわ。剣に短剣に槍に斧、全部持って戦うのは無理だし、どれか絞ってレベルを上げるのもありかもね」

「なるほど。となると、やっぱり剣は外せないし……短剣と双剣、投擲に槍も欲しいな」

「欲張りはダメよ。ま、魔法はあたしに任せなさい」

「……聞き捨てならないわね」

「あ、ドロシー先生」

すると、ドロシー先生が渋い顔でこっちに来た。途端にシルキーも渋い顔をする。

「クレス、武器を極めるのはいいけど魔法も疎《おろそ》かにしちゃダメよ。その歳で『詠唱破棄』を習得してるってことがどれほどのことなのかよく理解しなさい。どこぞの勇者様はまだ使えないようだしね」

「は？　はぁぁ？　『詠唱破棄』なんてすぐに覚えるし。青の勇者が魔法特化っての知ってる？『青魔法』のレベルは現在15、あんたはいくつ？」

「ふん、12よ。でも『黄魔法』はレベル14、『緑魔法』はレベル17……あたし、あんたより若いし才能の塊だしね。あたしが青の勇者になった方がいいかもね」

「はぁぁ？　あたし、魔法を学び始めてまだ一年も経ってないし。たった数ヵ月でレベル15なんて、あと一年したらどうなっちゃうのかしら？」

「あ、あの……喧嘩は」

「「あんたは黙ってて」」

「はい……」

シルキーとドロシー先生は相性最悪だった。

互いに天才という肩書を持つ者としての同族嫌悪とでも言えばいいのか。転生前は接点がなかったが、俺が真面目になったことで接点が生まれ、諍《いさか》いが起こってしまうようになった。

「ていうか、あたしとクレスが一緒に訓練してるんだからドロシーはあっちに行っててよ!!」

「あたしはクレスの専属教師よ!!　あんたこそいつまでアルストムにいるつもり!?　自分の国に帰りなさいよ!!」

やばい。ヒートアップしてきた。

さすがに止めなければと思い二人に割り込もうとすると。

「ここにいたのね、クレス」

「あ、シギュン先生。何か御用でしょうか」

「少し付き合ってほしい場所があるの。以前言った、あなたに合った剣のことでね」

「あ」

そういえば、そんな話をしたっけ。

俺の身体に合った剣を作るという話だ。

「場所は城内の装備製作所。ドロシー、シルキー殿、申し訳ないがクレスを借りるわね」

「「はぁ!?」」

「お、俺、行ってきますね。シギュン先生、早く!!」

「え？　ええ、わかったわ」

俺は逃げ出し、シギュン先生は首を傾げた。

◇◇◇◇◇

装備製作所は、鍛冶場みたいな場所だ。

兵士の武器や鎧を作ったり、修繕したりする場所で、なんとドワーフがいるらしい。

ドワーフ。ファンタジーにありがちな種族だ。創作の中なら鍛冶が得意だけど、それはこの世界でもそうらしかった。

到着したのは、ザ・工房って感じの所だ。

「ここよ」

「わぁ～……初めて来ました」

「普段はあまり来ないからね。一ヵ月前に話をして、ここで作れそうな武器を一通り揃えてもらったの。その中であなたに合いそうな装備を見繕い、調整するわ」

「じゃあ、俺の意見とかも取り入れてくれるんですか？」

「あなたの装備よ？　当たり前でしょう」

「……よっし」

実は、ちょっとお願いしてみたいことがあった。

シギュン先生と一緒に工房に入ると、小さな髭面のおっさんが出てきた。

「おう、おめーか」

「ロッコ。装備を見に来たわ……ああ、こちらが赤の勇者クレスよ」

「そうか。オレはロッコ、見ての通りドワーフだ」

「はじめまして。クレスと申します」

ドワーフのロッコさんに頭を下げると、少しだけ驚かれた。俺の勇者になる前の悪名を聞いていただろうから、こんな態度を取るとは思っていなかったのだろう。

ま、そんなことはいい。ロッコさんに案内されたのは、武器庫と呼ぶに相応しいラインナップの倉庫だ。剣や槍、短剣、斧、槌《つち》。異国の鎧や兜がこれでもかと揃っていた。

「じゃ、装備を見ていけ。一般兵から騎士が身に着けてるモン、町の武器屋で扱ってそうな装備も見繕っておいた。おめーに合う装備もあるだろうよ」

「ありがとうございます。では……」

俺は早速剣を見る。

でかい剣、ショートソード、ククリナイフ、カトラス、レイピアなど、ゲームで見たことがある武器がいくつもある。

俺の目的の武器は……あった。これこれ。

「ほぉ、そいつか」

「はい。これがいいです」

ロッコさんは『お目が高い』と言わんばかりの表情になった。

そう、俺が探していたのは『刀』だった。

刀身は細身の片刃で、七五センチほどの長さ。まさに斬るための刃だ。

精神が日本人だからなのか、常々刀を振って戦ってみたいと思っていた。それに、この武器はクレスの身体に合う気がする。

「それはサムライソード。異国の剣士が使う剣だ」

「まんまですね……でも、これがいいです」

「いいだろう。お前向けに作り直してやる。それは練習用に持っていけ」

「はい!!」

というわけで、俺のメインウエポンは『刀』になった。

それ以外に、二本の短剣を背中に背負い、投擲用ナイフを腰に差しておく。

短剣を二本にした理由は、『短剣技』と『双剣技』が両方使えるから、投擲用ナイフはかっこいいから。そして、三節混《さんせつこん》のように分離できる槍を折り畳んで専用のホルスターに差しておく。

鎧は軽く柔軟性のある武士のような甲冑《かっちゅう》にした。全体的に戦国時代を連想させる装備だ。

シギュン先生は俺の装備を見て頷く。

「……近中遠とバランスが整った、良い装備ね」

「はい。あとは魔法もありますし、これでいきます」

「わかったわ。では、あなた用に新調してもらうわね。ロッコ、曲がりなりにも赤の勇者の装備だし、最高級の素材で頼むわ」

「任せときな。勇者様の装備用に『ヒヒイロカネ』を準備してある。オレのドワーフとしての腕、見せてやるぜ」

その後、早速作業に取り掛かると言うので、俺たちはロッコさんの工房を後にした。

「武器は決まったわね。では、明日からあなたの選んだ武器のスキルを重点的に鍛えることにしましょう」

「はい!!」

「ジーニアス王国に出発するまであと一月ほど。それまで、レベル10を目指して精進《しょうじん》するように」

「はい!!　……あ、そっか」

そうだった。シルキーが普通に滞在してるイレギュラーで忘れてたけど、俺もマッケンジーに会いにジーニアス王国に行くんだった。

転生前は王国に行く時に強力な魔獣が出たりと大変だったな。あの時は迂回して事なきを得たけれど、今の実力なら戦えるかもしれない。

それに、ジーニアス王国にはロランがいる。奴隷商館に寄って、あいつを買うのも目的の一つだ。

そして今度は、大切に扱って、黄金の勇者として覚醒させてやるのだ。

そうすれば魔王だって倒せるはずだ。

◇◇◇◇◇

「せいっ!!　はっ!!　だぁっ!!」

選んだ武器で訓練し始めてからおおよそ一ヵ月が経った。

今では夜の自主トレの際、武器を総動員して中華風アクションを意識した独自の型を作ろうと努力している。

城内の槍を使う騎士から武技を教わったことで、『槍技』スキルもだいぶレベルが上がった。

今のステータスはこんな感じだ。

○赤の勇者クレス：レベル9
体力：3000　魔力：2800
《スキル》
赤魔法：レベル6　剣技：レベル9　詠唱破棄：レベル2　格闘技：レベル4　短剣技：レベル6
弓技：レベル2　槍技：レベル7　斧技：レベル2　投擲技：レベル5　大剣技：レベル2
双剣技：レベル6

個々のスキルレベルは上がっているのだが、メインのもの以外は低いせいか、未だに総合レベルが上がらない。総合レベルが上がらないと体力や魔力の数値も上がりづらいので、いい加減レベル10になりたいんだけど……。

俺は動きを止め、槍を収めて一礼した。相手がいなくても、普段から礼節を忘れないためだ。

「クレス様ー！　お夜食の支度《したく》ができましたー！」

「ほら、さっさと来なさいよ。お茶が冷めちゃうわ」

「今日の夜食はホットサンドね。美味しそうじゃない」

訓練場の一画にシートを広げ、少女が三人座っている。

メイドのメリッサ、青の勇者シルキー、ドロシー先生だ。

二〇日ほど前からシルキーとドロシー先生が加わり、メリッサの夜食は夜のお茶会タイムとなった。

こうなった経緯を説明しておくと、俺とメリッサが夜に会っているとメイドの間で噂になり、シルキーとドロシー先生が俺を問い詰めたのだ。以来、二人も自主訓練の時間に付き合ってくれている。

別に隠すことじゃないから正直に話したけど、何故かメリッサの機嫌が悪くなったんだよなぁ。

三人の所へ行くと、メリッサがタオルを差し出してくれる。濡れていて気持ち良い。

「ありがとう、メリッサ」

「いえ。私にできるのはこれくらいですから」

「助かるよ。本当にありがとう」

「は、はい『ちょっと、さっさと座りなさいよ』……むぅ」

シルキーに急かされたのでシートに座る。

夜食を食べると体力が回復し、魔力も少し回復した。

「ふぅ……ごちそうさま。今日も美味しかったよ」

「お粗末様です。私も『料理』スキルのレベルが2になりました。もっと美味しい物を作れるように頑張ります！」

「うん。メリッサが俺の専属料理人になってくれたらいいのに。なーんて」

「えぇぇぇっ!?　わわ、私なんかが、その」

あ、あれ？　メリッサが赤くなってしまった。何か変なこと言ったかな。

すると、咳払いをしたドロシー先生が言う。

「ごほん！　それよりクレス、あと三日で出発でしょ。支度は済んでるの？」

「はい。ジーニアス王国に行く準備はできています」

ジーニアス王国。そう……緑の勇者マッケンジーに挨拶に行くんだ。

転生前に挨拶した時は、クレスの舐め切った態度に一目で見切りを付け、世界中から腕利きの戦士を集めて魔王討伐に向かおうとしてたからな。

一応赤の勇者の肩書を持つクレスを、初対面で即使い物にならないって判断して切り捨てたのはすごい。かなり頭が回る証拠だ。

でも、今回は違う。俺も鍛えているし、失望させないつもりだ。

「ジーニアス王国かぁ。どんな所かしら」

「緑が豊かな土地らしいです。エルフの住まう地としても有名ですね」

「詳しいのね、クレス」

「ええ。一度行った……じゃなくて、本で読みました」

転生前のクレスは、ジーニアス王国にあるエルフの娼館に毎日のように通ってたからな……。

そこの奴隷商館でたまたまロランを見つけて買ったんだ。今回は娼館はなし。ロランの所に直行して買う予定だ。

「当然だけど、ジーニアス王国にはあたしも行くからね、クレス」

「はい。シルキー様」

「……あとさ、前から気になってたけど、その様付けと敬語やめてよ。同い年でしょ？」

「ですが、勇者『いいから、やめて』……わかりました、じゃなくて、わかった」

「よし。じゃあシルキーって呼びなさい」

「ああ、シルキー」

「っ……う、うん」

俺としてもこっちの方が呼びやすい。転生前のクレスは名前を呼んでも無視されるか、険悪に返されるかだったからな。

すると、ドロシー先生がむくれた。

「クレス……あたしもドロシーでいいわよ」

「そうはいきません。ドロシー先生は俺の魔法の先生です。先生を呼び捨てするなんてあり得ませんし、敬意を持って接するのは当たり前のことです」

「………………」

あれ、何故かそっぽ向かれた。

◇◇◇◇◇

翌日。俺の装備が完成したとの知らせを受け、ロッコさんの工房へ向かった。

シギュン先生と一緒に行くと、テーブルの上に刃の赤い武器が並んでいた。

「よぉ、できてるぜ」

「おぉ……これが」

刀と双剣、そして槍。

刀は、俺が希望した通りのデザインだ。片刃の直刀で、ちゃんと刃紋もある。斬れ味もかなり鋭そうだ。さすがに柄の部分は鉄製で、握りやすいように布が巻いてあるだけだが。俺の日本人の知識でも、戦国時代の刀を再現するのは無理……というか、柄の部分に関しての知識はない。あれ、どうやって作るんだろうな？

槍は、三節棍みたいなギミックだ。アタッチメント方式で柄が分離し、剥き出しの穂先で、用途に応じた長さで戦える。

投擲用ナイフは投げやすいよう重心が偏っている。赤い鎧は戦国時代の武士の甲冑にも似ていて、動きやすく、武器を収めるホルスターと一体になっていた。

「素材はヒヒイロカネだ。赤魔法と相性がいい素材だからおめぇにピッタリだぜ。硬度はダマスカス鋼の六百倍、重さはその半分ってとこだろう。この装備だけで貴族の屋敷が一〇軒は建つ。そうそう壊れたりはしねぇだろうが、大事にしてくんな」

「は……はいっ!!」

どれも、思わず見惚れるほどの美しさだった。

俺は鎧を着て武器を収める。腰には刀を差し、アニメで見た抜刀術の構えをする。

「――ふっ!!」

瞬時に抜刀、そして刀を鞘に収める。

一連の動きを流れるように行ったせいなのか、レベルアップの感覚が来た。

ステータスを確認すると、なんと総合レベルが10になっていた。

さらに『抜刀技』も追加されている。そして『剣技』の項目に、武技が追加されている。

「奥義《おうぎ》……!?」

『奥義：十連刃《じゅうれんじん》』。シギュン先生の説明によると、流れるような動きで相手を一〇回斬り付ける技らしい。

「ふふ、早速奥義を試してみたいでしょう？　訓練場に行くわよ」

「はい!!」

シギュン先生と一緒に工房を出て、訓練場へ向かう。

これで目標だったレベル10は達成だ。先生たちに比べればまだまだ未熟だが、少しは理想の勇者に近づいたはずだ。

後はジーニアスへ行き、ロランと出会い、黄金の勇者として覚醒させるのみ。未来を知っているから、魔王討伐だって容易《たやす》く思える。

それまでは謙虚に、慎重に、裏方に徹するのだ。


でも、俺の考えは甘かった。

未来の出来事を知っていても、過去が変われば意味なんてない。俺はそのことに気づいていなかった。

◇◇◇◇◇◇

ジーニアス王国へ出発する当日。

「いいか。確かにお前の成長速度は異常だ。勇者の恩恵《おんけい》は素晴らしい。だが、まだレベルは10、油断は禁物だからな」

アストルム王国の正門で、プラウド先生が俺を激励してくれた。

俺の成長速度は例えるなら、毎日素振りを行っている少年が、還暦を迎える頃にようやく到達するような境地らしい。

実戦経験もなしにたった数ヵ月で到達したとあっては、確かに異常すぎるな。

「それから、一応オレたちのレベルも参考程度に教えておいてやろう。オレの『剣技』レベルは48、シギュンは43。総合レベルも同じだ」

「よ、よんじゅう……」

たった10で喜んでいる俺からすれば、途方もない境地だ。

だが、プラウド先生は笑ってこう言ってくれた。

「オレがレベル10になるのに、毎日剣を振っていても一年は掛かった。本当に、お前の成長が楽しみだよ」

「プラウド先生……!」

「気を付けて行け。帰ったらまた稽古を付けてやる。道中はシギュンに任せたから、後はあいつに師事するように」

「はい!!　ありがとうございます、プラウド先生!!」

俺はプラウド先生に頭を下げる。

プラウド先生は俺の肩をバンバン叩き、笑みを浮かべていた。

「マーヴェリック、あなたはブルーノ王国に戻って。あたしがクレスと一緒にジーニアス王国へ向かったことを報告してちょうだい」

「わかりました、お嬢」

シルキーは、マーヴェリック殿を使いに出すようだ。

少し心細いが仕方ない。正直なところ、マーヴェリック殿に付いてきてほしかったんだけど……。

「クレス様っ！　支度が整いました」

「ありがとう、メリッサ」

馬車の荷台でゴソゴソと荷物整理をしていたメリッサが俺の傍へやってくる。そう、この旅にはメリッサも連れていく。身の回りの世話をするという名目でだ。『料理』スキルもレベル2だし、旅の途中でも美味しい料理には困らないだろう。

「……はぁ、あたしも行きたかったわ」

「ドロシー先生……」

「いい？　魔法をちゃんと使いなさい。いくら『詠唱破棄』があっても、使わないんじゃ宝の持ち腐れだわ。あなたの赤魔法は勇者の恩恵もあってかなり強力よ。剣を振るように自然に使いこなせるようになりなさい」

「わかりました。ドロシー先生、ありがとうございます」

「……帰ったらまた訓練するんだから。怪我したら許さないからね」

「はい!! 俺、必ず帰ってきます。ドロシー先生の元へ!!」

「っ……ば、ばか!!」

怒られた……なんで?

そして、準備を終えたらしいシギュン先生も来た。

「まずは街道沿いに進んでヒバの町を目指すわよ。道中には魔物が出るけど、低級だから問題ないと思う。あなたにも戦ってもらうわ」

「はい!!」

「初の実戦よ。私がアシストするけれど、油断しないように」

「はい!! よろしくお願いします!!」

「……本当に礼儀正しく謙虚な男ね。ふふ」

シギュン先生が微笑んだ。

鎧のせいでわかりづらかったが、やはり非常にスタイルがいい。今は鎧ではなく、ワイシャツにぴちっとしたパンツを穿いてロングブーツを履きこなしている。腰にはごついベルトを巻き、細身の剣を差していた。

髪は緩く結び、大きな胸がワイシャツをこれでもかと盛り上げている。

やべ、この人、めっちゃ好みなんですけど……。

「ちょっと……なんか目つきが嫌らしいわよ」

「うおっ!?　し、シルキーか……驚かすなよ」

「ふん。それより、出発準備できたわよ」

「あ、ああ。今更だけど、本当にいいのか？　一度国に帰るとかしなくて」

「別にいいわ。どうせいつかは緑の勇者と顔合わせしなくちゃいけないし、一度国に戻ってからジーニアス王国へ行くのも面倒だしね」

「そっか。じゃあ、改めてよろしくな」

「ええ。あたしが実戦の恐ろしさを教えてあげる」

「お、お手柔らかに」

ちなみに、シルキーは実戦経験豊富だった。

そして、俺に顔を寄せる。

「ま、仲間だし教えといてあげる……あたしのスキルとレベル」

「え」

○青の勇者シルキー：レベル18
《スキル》
青魔法：レベル17　紫魔法：レベル10　黒魔法：レベル8　詠唱破棄：レベル2
格闘術：レベル6　杖技《じょうぎ》：レベル8

なるほど。これがシルキーのスキルとレベルか。いつの間にか『詠唱破棄』も習得してるし、ちゃんと修行してたみたいだな。

……って、なんでシルキーのステータスを見れるんだ？

「ステータス画面を開いたまま相手の目を見ると、相手に情報を見せられるのよ」

「へぇ……知らなかった」

「普通、相手に自分の情報は教えないからね。あんたのもちゃんと見せてよ」

「ああ、いいぞ」

「どれどれ……ぶーっ⁉　なな、何このスキルの数⁉　いろんな武器使ってるなって思ったけど、うっそ……そりゃ総合レベル上がりにくいわ。こんなにスキルあるんだもの」

「やっぱりスキルの数と総合レベルの上がりやすさは反比例するのか……他の武器もちゃんと鍛えないとな」

「真面目な奴……」

スキルの数はシルキーの倍以上ある。使える武器が増えるのって面白いんだよな。

「なぁシルキー、杖技って杖の技だろ？　教えてくれよ」

「いいけど、またあんたの総合レベル、上がりにくくなるわよ？」

顔をしかめるシルキー。

すると、シギュン先生が俺とシルキーを呼ぶ。いつの間にかメリッサと一緒に馬車の近くにいた。

正門前には一〇人以上の兵士が並んでいる。どうやら、見送りに来てくれたようだ。

馬車に乗る前に、シギュン先生がシルキーに声を掛ける。

「シルキー殿。この遠征時においては私の指示に従っていただきますが、よろしいですね」

「いいわよ別に」

「では、私が指揮を執らせていただきます。まずは街道沿いに進み、ヒバの町へ向かいます。道中、実戦を兼ねて魔獣退治を行います。ヒバの町への到着は七日後、そこからジーニアス王国へ向かいます」

「わかりました、シギュン先生」

「メリッサ。あなたは非戦闘員。戦闘時には馬車から動かないこと。いいわね」

「は、はい」

「シルキー殿。来るべき日のために、クレスとあなたの連携訓練も行いたいと思います。異論はありませんね？」

「ないわ。むしろ望むところよ。ってか、敬語いらないから」

「……わかったわ。さて、出発しましょう」

シギュン先生が馬車の荷台に乗り込み、俺とシルキーも荷台へ。

メリッサは御者席に座り、手綱《たづな》を握った。

「あれ、メリッサが御者を？」

「はい。馬の扱いは得意です。『馬術』も習得していますので」

「なるほど……あのさ、俺にも馬の扱い方教えてよ」

「はい！」

「こら、座ってなさい」

「あ、すみません」

「全く、スキル習得に飢えているわね……」

シギュン先生が苦笑する。

武器の扱いだけじゃない。いろいろと覚えられるのは本当に楽しいのだ。

「では、出発します！」

メリッサが手綱を振ると、カパカパと音を立てて馬が歩き出した。

兵士たちが直立不動の姿勢で敬礼し、プラウド先生とドロシー先生が手を振ってくれている。

俺も荷台から手を振り返す。

「行ってきます!!」

こうして、ジーニアス王国へ向かう旅が始まった。

第四章　緑の勇者マッケンジー

幌《ほろ》付きの馬車はゆっくり進むが、結構揺れる。

座布団を尻に敷いていてもじんじんと痛む。

が、キツいのは俺だけのようで、シルキーは読書、シギュン先生は剣の手入れと、平然と思い思いに過ごしていた。

この揺れの中でよくやる……。

俺は慣れるまで、ステータスを確認しておくことにした。

シルキーも言っていたが、彼女のスキルを見た後だと、俺のスキルの量はかなり異常に思える。

これだけいろいろと極めたらどうなるのか、楽しみだ。

何気なく、ステータス画面の上部、俺の名前がある場所に注目してみると、今まで意識していなかった情報が出てきた。

《赤の勇者》
・経験値アップ　・スキル習得率アップ　・攻撃力アップ　・?・?・?・?・?

これが恩恵、つまりパッシブスキルのようなものだろう。

なるほど……これが俺のスキル習得率が高い理由かな。

赤の勇者になった恩恵なのだろう。経験値アップ、スキル習得率アップ、攻撃力アップ……そして、最後の『?????』が気になるけど、まだ解放されてないのかな。

たぶん、魔法特化のシルキーは、魔力アップとか魔法攻撃力アップとかがあるんだろう。

この勇者の恩恵は素直にありがたい。

「なぁシルキー、ステータス画面の名前部分を見たんだけど、勇者の恩恵が見れるぞ」

「知ってるわよ。そんなの最初にチェックするでしょ」

秒で返された……こっちを見もせず本を読んだままだ。ちょいへこむ。

すると、剣を磨き終えたシギュン先生が口を開いた。

「そろそろ、魔獣の出現する森かな……クレス、油断しないように」

「は、はい」

前方に、大きな森が見えた。

そうそう、あそこを突っ切ってヒバの町に行くんだ。転生前は金に物を言わせて雇った傭兵たちが四方を守りながら進んでたから気にしなかったけど、今回は傭兵などいない。

俺は武器を確認し、大きく息を吐く。

「心配しないでいいわ。実戦経験ゼロのあなたに最初から全てを見渡せとは言わない。できる範囲で周囲を警戒しなさい。気を張り詰めすぎて動けないということだけにはならないように」

「は、はい」

「この辺りで出現するのはゴブリン、そしてオークね。油断しないように」

「はい!!」

「森に入りまーす！」

メリッサが振り返り、大きな声で言うと、馬車は森の中へ入った。

まだ日も高いのに、薄暗く陰気な森だ。それに、ギーギーと気味の悪い鳴き声もする。

馬車の中からキョロキョロ見回す。他の二人を見てみると、シルキーは欠伸《あくび》して読書、シギュン先生は剣を抱えて目を閉じている。

警戒しろって言ったのに、何やってるんだ。

「し、シルキー……少しは警戒を」

「してるわよ。いいからあんたは後ろを見張りなさい」

「あ、ああ……ふぅぅ」

メリッサも特に気にしていないのか平然と御者を務めていた。勇者なのにメイドより度胸がないなんてちょっとショックだぞ。

だって仕方ないだろ。いくら修行して強くなったと言っても、クレスの中身は純日本人の曽山光一だ。剣は握ったことないし、喧嘩なんかもしたことない。

それに……ファンタジー小説でゴブリンの存在は知ってるけど、果たして人の形をしたモノを俺に殺せるのか？

「クレス……行きましょう」

「え」

目を開けたシギュン先生が、メリッサに馬車を止めるように言った。

馬車が止まるとシギュン先生が降り、俺も後に続く。

「前衛、あたしはメリッサを守りながら術で援護するわ。クレス……初陣《ういじん》、カッコいいところ見せなさいよ？」

「勇者様、お気を付けて！」

「お、おうっ!!」

俺は刀を抜き、シギュン先生の傍へ。

「よし、実践授業ね」

「は、はい!!」

そう言った瞬間、シギュン先生が抜剣、俺の目の前に突き出した。

剣の腹に何か当たって弾かれる。転がったのは拳ほどの石だ。

「ゴブリンはある程度の知恵がある。身を隠し、石を拾って投げたりする程度だけど」

俺は石が飛んできた方を見た。

すると、緑色の肌をした、子供のように小さい気色悪い何かが飛び出してきた。

そうか、これがゴブリンか。ゲームで見るようなのにそっくりだ。

手には棒切れを持ち、振り回しながら向かってきた。数は……五匹!!

「訓練を思い出して。二匹、あなたに任せる」

「は、はいっ!!」

シギュン先生が飛び出し、俺も後に続いた。

シギュン先生は一太刀で先頭のゴブリンを両断、流れるように残りの二匹の頭も叩き割った。

速い。二秒と掛からずゴブリン三匹を倒してしまった。

俺の前には、残りの二匹が迫ってくる。

『ギャギャギャッ!!』

『ギャッヒィィッ!!』

うげ、キモイ。

ヨダレを垂らしながら知性のない叫びを上げているゴブリンに、若干腰が引ける。

落ち着け。訓練を思い出せ。シギュン先生に比べたら……こいつらはのろまもいいところだ!!

「武技、疾風突き!!」

『ギャバッ!?』

疾風突きで最初の一匹を突き殺す。

「武技、二連斬り!!」

『ガヒャッ!?』

返す刀で二連斬りを繰り出し、もう一匹を真っ二つにしてやる。

死体がぼとりと落ちた。

「……あれ？　弱い」

あまりの呆気なさに思わず声が漏れた。

「違う。あなたが強くなったのよ」

「え……」

シギュン先生が剣を収め、俺の肩をポンと叩いた。

「鋭くキレのあるいい一撃ね。でも、慢心はしないこと。その油断が自身の死に繋がることを忘れないこと……いいわね」

「はい!!」

シギュン先生が優しくも厳しい声で言うので、俺も元気に返す。

シルキーとメリッサが馬車から離れて寄ってきた。

「ま、初陣なんてこんなもんね。おつかれさん」

「勇者様、格好良かったです！」

こうして、俺の初陣はあっさり終わった。

これからもこんな風に楽勝なのかと思ってしまうけれど、ここで慢心してはならない。ゴブリン相手だって、意識してない時に背後から刺されれば死にかねない。

今まで通り、俺は謙虚で居続けるだけだ。

「よし。メリッサ、馬車の準備を。クレスは周囲を警戒。シルキー殿、クレスの補佐をよろしく」

「「はい!!」」

「はいはーい。じゃ、新兵の補佐をしてあげましょうかね」

シルキーは仕方ないという風に、得意げな顔で俺の隣に来た。

後衛の魔法使いに守られているようでは、青の勇者の剣失格だな。もっと経験を積んで、勇者として成長しなくてはならない。

◇◇◇◇◇◇

メリッサに飛び掛かるウルフを一息で両断する。

犬っぽい魔獣・ウルフを殺すのは最初は躊躇《ためら》ったが、友人を殺そうとする奴はさすがに許せない。

さて、実戦を経験したためか、俺の『剣技』のレベルは2上がり、総合レベルも1上がった。

やはり実戦に勝る修行はないな。

やがて森を抜け、再び街道へ出た。

俺は馬車を降り、訓練も兼ねてランニングで並走することにした。

自分の中で興奮が膨れ上がっているのがわかる。それを鎮めるためのガス抜きの意味もあった。

このまま強敵と出会ったら、とんだ油断をしてしまいそうだからな。

「勇者様ー！　疲れたら馬車に乗ってくださいねー！」

「わかった!!」

馬車の前へ出る俺。

馬が興奮しないか心配だったが大丈夫そうだ。メリッサが上手くコントロールしているのだろう。

ヒバの町まで数日。もう何度か魔獣と戦って経験を積みたいところだ。

俺は、この後の予定について、転生前のことをおさらいする。

「……ヒバの町で一泊して旅支度、その時勇者だってバレるんだっけ。ジーニアス王国へ続く街道に強い魔獣が現れて、倒してくれって依頼されたけど……クレスは面倒臭いとか言って迂回したんだよな。その後どうなったかはわからない……」

確か……そうだ、デモンオークとかいうオークの最上位種が街道に出たんだ。転生前のクレスは『その辺の冒険者たちにやらせとけ』とか言ってたっけ。

「……よし。今回の俺は違う。どんな奴でも倒してみせるさ」

今回は頼もしい仲間がいる。協力すればきっと倒せるさ。

「よし!! 町までランニングだ!!」

――だが、この決断が後に、俺の運命を大きく狂わせた。

◇◇◇◇◇

ヒバの町に到着した。

雰囲気はなんというか、『最初の町』とでも言えばいいのかな。

石が敷かれた道路、煉瓦《れんが》造りの家、看板の掛けられた商店、町ゆく人々……ファンタジーのテンプレを集めましたという感じだ。ただ、特筆すべきもののない、全体的に地味な町だ。

ちなみに、町までランニングしたがレベルは特に上がらなかった。

「まずは宿を確保して装備の点検。メリッサは馬の世話と買い出し。クレス、装備の手入れを怠らないこと」

「「はい!!」」

「あたしは?」

「魔力を回復させるために休養……と言いたいところですが」

「魔法使ってないしね。あ、そうだ。メリッサの買い出しに付き合うわ。荷物持ちしてあげる」

「え、ですが、勇者様に買い物をさせるのは」

「自分の買い物もしたいからいいわよ。ほら、宿に急ぐ！」

「は、はい」

女の子同士、買い物でリフレッシュってところか。

俺たちは町の中央にある大きな宿にチェックインした。部屋割りは大部屋と小部屋が一つずつだ。もちろん男女別。俺は小部屋に泊まることにした。

メリッサは、シルキーと買い物に行った。

俺はシギュン先生と一緒に装備の手入れだ。紙を使って古い油を拭《ふ》き取り、新しい油を塗って布で磨く。

「……さっきの戦いだけれど。最初こそ動きに迷いがあったけど、後は良かったわ。己を律し、増長することなく動けるようになった。成長しているわね」

「ありがとうございます。正直、まだまだ不安はありますけど……」

「あなたなら大丈夫。励みなさい」

「はい!!」

シギュン先生のお墨付きがもらえた俺は早速舞い上がりそうになった。

思い留まり、謙虚さを取り戻す。

ロランを覚醒させるまで、俺は裏方で居続けるべきなのだ。

「……よし!!」

俺は気合を入れ、剣の手入れを終わらせた。

しばらくすると、シギュン先生は『町長に挨拶する』と言って出ていった。

転生前はシギュン先生じゃなく同行した騎士が町長に挨拶に行って『街道に現れた魔獣を退治してほしい』って依頼されたんだっけ。

今回は受けることになるだろうな。

「思い出せ……デモンオーク、デモンオーク」

転生前のクレスの記憶を必死で思い出す。

……デモンオーク、そうだ。黒くデカいオークで皮膚が頑強、巨大な斧を振り回すパワーファイターだ。

炎が弱点で、赤魔法を使えるクレスにとっては相性のいい相手だった。しかし、転生前はレベルも低かったので、戦っても役に立たなかっただろう。それをわかっているから、『面倒臭い』とごねたのかもしれない。

自室の窓際でため息を吐いていると、ドアがノックされた。

「入るわよ」

「勇者様、町で美味しそうな小麦焼きを買ってきたんです。お疲れのようですし甘い物でもどうかなーって……」

「シルキー、メリッサ。わざわざありがとう」

小麦焼き……ああ、日本で言う鯛焼きみたいなお菓子だ。さすがに鯛の形はしていないけど。

紙袋いっぱいに入った小麦焼きを一つもらい、口の中へ。

……うん、あんこなし鯛焼きだ。素朴な甘さが美味しい。

「シギュンは？」

「町長に挨拶。ここはアストルム王国領土だしな」

「勇者様、わたし、馬のお世話をしてきますね」

「ちょっと待った」

俺とシルキーに頭を下げたメリッサが出ていこうとして、シルキーに止められた。

何か気に障ったのかと、メリッサが恐る恐るこちらを向いた。

「あのさ、あたしとクレスはどっちも『勇者様』なの。区別付かないから名前で呼びなさい。あたしはシルキー、こいつはクレス。いいわね」

「ええっ!?　で、でも、わたしみたいな平民のメイドが、救世主である勇者様を名前で……『いいからそうしなさい。よし決めた、これは命令ね』もがっ」

シルキーはにっこり笑い、メリッサの口をふさぐ。

うん、友達っぽいやり取りだな。それに、そろそろ名前で呼んでほしいとは思っていた。

「それがいいな。じゃあメリッサ、俺も命令……俺のことは名前で呼ぶこと」

「っぷは……あ、わ、わかりました。では、クレス様、シルキー様、と」

「まだ硬いわね……ま、いいわ」

「うん。あ、馬の世話だっけ？　俺も手伝うよ」

「えぇぇ!?　で、でも、ブラッシングや馬具の手入れですので……」

さすがに拒否しようとするメリッサを遮り俺は立ち上がった。

「なおさらだ。力仕事なら修行にもなるしね。な、シルキー」

「え、あたしも？　ん～……まぁいっか。ほら、行くわよ」

「あ、あの!?　えぇぇっ!?」

意外にも承諾してくれたシルキーと共に部屋を出た。

慌てて俺たちを追うメリッサが、なんだか可愛く見えた。

◇◇◇◇◇◇

その日の夜。

やはり、転生前のクレスの記憶通り、女部屋に呼ばれた俺は、シギュン先生の話を聞くことになった。

「町長からの依頼があったわ。どうやら、ジーニアス王国へ続く街道にデモンオークが現れたから、勇者様の力でなんとかしてくれってね」

「俺の赤魔法の出番、ですね」

「そうだけど…………デモンオークの弱点を知っていたの？」

「え!?　あ、いや……まぁ」

ノータイムで出した答えに、シギュン先生は驚いていた。

パジャマっぽいローブを着たシルキーは少し渋い顔だ。

「デモンオークね……レベルは40はくだらないでしょう。弱点を突いても厳しいんじゃないの？」

「けれど、放置してはおけないわ。それに、デモンオークの首を土産《みやげ》にジーニアス王国へ行くなんて面白いじゃない？　何より……確信しているわ。クレス、シルキー、あなたたちならきっと勝てる。騎士としての勘だけれど」

「何それ。ま……面白そうだけど」

シルキーは強敵との戦いに、若干ワクワクしているようだった。

俺も、その気持ちはわかる。

「俺も異論はありません。迂回なんてしてられませんしね」

「……迂回ルートのことも知っていたの？」

「い、いや、そういうわけでは。ただ、この辺りは森も多く、街道を迂回する道もありそうだったので……」

ヤバい、また地雷か……変なこと言わないようにしよう。

転生前のクレスが経験していないことは、何が良くない結果に繋がるかわからない。これが正規のルートだったんだろうが、だからこそ油断はできない。

それにもう少しでロランに会えるんだから。

「出発は明日。今日はもう寝ましょう」

「はい。では、シギュン先生、シルキー、メリッサ、おやすみなさい」

俺は一礼し、自分の部屋に戻った。ベッドに寝転がり、拳を握る。

「ロラン……待ってろよ」

◇◇◇◇◇◇

街道を進んでいると、目当ての魔獣が道のど真ん中に鎮座しているのが見えた。

メリッサが馬車を停《と》め、俺たちは荷台から敵の様子を窺う。

見た目は黒い豚……いや、あれがオークというものだろう。

手には大きな斧を持ち、豚鼻からブフー、ブフーと臭そうな鼻息を吹いている。

その濁った瞳はまっすぐに俺たちを捉えていた。

「っひ……」

「メリッサは離れなさい……クレス、行けるわね」

「はい……っ」

「いい？　いつも通り……気負わないこと」

「はい!!」

「シルキー殿、この位置から援護を。メリッサの護衛もお願いします」

「任せなさい」

馬車から降り、抜刀する。

シルキーは杖を握り、シギュン先生も剣を抜く。

「クレスは魔法をメインにして攻撃。デモンオークは炎が弱点よ」

「はい!!」

「では、行くぞ!!」

俺とシギュン先生は、デモンオークに向かって走り出す。

俺たちが動いたことで、デモンオークが雄叫びを上げた。

『ブォォォォォォォォ――――ッ!!』

「っぐ」

「怯むな!!」

「はいっ!!」

心を奮わせ、止まりかけた足を動かす。

俺は『詠唱破棄』のスキルを活用し、右手をデモンオークに向かって突き出し呪文を発動した。

「ファイア!!」

炎球が飛び出し、デモンオークに直撃する。

『ギュゥゥッ!?　ブガァァァッ!!』

「効いている!!　その調子で」

「ファイアぁぁぁぁぁぁぁぁっがぁぁぁぁぁ――――ッ!!」

呼吸を忘れ連射した。

五〇発ほどファイアを撃ち込むと、デモンオークはメラメラと炎上しだした。

シギュン先生は立ち止まったが、俺は止まらない。次の呪文を使用する。

「エンチャントファイア!!」

新しく覚えた呪文の一つ、エンチャントファイア。

俺が使用する武器に炎属性を付与する呪文だ。刀が炎に包まれる。

「おぉぉぉぉりゃぁぁぁ────っ!!」

丸焼けになり苦し気にもがくデモンオークに向かって跳躍。頭から縦に一刀両断した。

ズッバァアン!!　と、デモンオークが縦に割れ、その巨体が左右に倒れ伏した。

俺は剣の炎を消し、呼吸を整えて刀を収めた。

「終わった……」

「………」

「シギュン先生……すみません。早く倒さなきゃって思って、その……魔法の乱発を」

「……わかっているならいいわ。結果的に勝ったけれど、今のように我を忘れた戦いは絶対に駄目よ。いいわね」

「はい……」

正直、怖かった。

二メートルを超える巨大な黒豚の咆哮《ほうこう》で、俺はビビってしまったのだ。

恐怖で半分パニックになっていた。怖くて、魔法を乱発してしまった。

「あたし、また何もしてないわ……ま、楽でいいけど」

「クレス様、すごい……」

「すごいけど、すごくないわ。ただパニックになっただけよ」

シルキーも気づいていたようだ。

くそ、情けない。こんな惨めな勝利……くそ。

シギュン先生は、俺の頭を撫でた。

「恐怖を忘れた者は戦場では真っ先に死ぬ。勝利に酔いしれることなく、自らの行いを恥じるあなたはまだまだ成長できる……忘れないで、恐怖することは悪いことじゃない」

「……はい!!」

シギュン先生は、後ろを付いてきた馬車へ向かった。

ヒバの町から同行していたその馬車は、デモンオーク討伐の報告をするためのものだ。しばらくするとシギュン先生が戻ってきた。これで、町長には討伐の報告が行くだろう。

「では、出発します！」

馬車に乗り込み、メリッサの合図で馬車が動き出す。

転生前は、この街道は放ったらかしにされていた。どれほどの被害が出たのか、今では想像すらできない。

けれど今回は、街道が開通したことで、人々はわざわざ迂回せずとも良くなった。これは転生前にはなかった未来だ。

頑張れば、未来は変わる……今度こそ、間違えない未来だって掴めるはずだ。

◇◇◇◇◇

それから十数日の間、俺たちは次々と現れる魔獣相手に戦いながら進んだ。

シギュン先生は俺に経験を積ませようとサポートに徹し、俺は前に出て魔獣相手に必死に戦う。

おかげで、俺の総合レベルと、『剣技』のレベルはどちらも17まで上がった。

『剣技』はかなり自信が持てる数値になった。実戦に勝る経験はないというが、真実だな。

街道を進んでいると、御者台のメリッサが興奮したように叫んだ。

「見えてきました!!　ジーニアス王国です!!」

俺も久しぶりに来た。学問の国と呼ばれるジーニアス王国。ここに緑の勇者マッケンジーがいる。

転生前は俺は一人だった。

本来の予定であれば、ここで三人の勇者が顔合わせして合同訓練を行い、魔王討伐の旅が始まるらしかったのだが、最初にシルキーと別れ、マッケンジーとも仲違《なかたが》いしたクレスは、結局その合同訓練を行えなかった。

「…………あそこにいるんだ」

俺の独り言に、シルキーが反応した。

「緑の勇者。確か、緑の勇者は補助魔法と頭脳に優れている……そうよね、クレス」

「え、あぁ……うん、確か」

「何よ、上の空ね」

俺がいると言ったのはマッケンジーじゃない……ロランだ。

正門ではシギュン先生が門兵にアストルム王国の紋章を見せ、俺とシルキーが勇者だということを証明した。

そして、王城に案内され個室に通された。そこで旅の汚れを落とし、着替えをして謁見の間に向かうのだ。

ここまでは転生前と同じ。でも、この後のイベントが少し違った。

まず、シギュン先生の役目がここで終わった。つまり、俺とシルキーをジーニアス王国へ送り届けるという任務が終わったので、アストルム王国に帰還しなければならない。

ジーニアス国王に謁見する前、シギュン先生が俺の部屋に挨拶に来た。

「私はアストルム王国に戻る。後はジーニアス王国に任せるわね」

「シギュン先生……ここまで、ありがとうございました」

「ええ。こんな言い方はおかしいけど……楽しかったわ」

「俺もです……楽しかったです」

俺はシギュン先生と握手する。

シギュン先生は補給をして、すぐにアストルム王国に戻って報告するらしい。俺とシルキーを無事に送り届けたことを国王に報告する任務も同時に受けているようだ。

「メリッサはあなたのお世話係として置いていく。ちゃんと守ってあげなさいよ？」

「もちろんです。全力で守ってみせます」

「……頑張りなさい。赤の勇者クレス」

「はい!!」

シギュン先生は俺の頭を撫で、優しい笑みを浮かべ去っていった。

◇◇◇◇◇◇

俺とシルキーは、これから国王に謁見する。

「いよいよね……」

「ああ……それにしても」

「何よ」

「いや、ドレス……似合ってる」

「なっ⁉」

シルキーは、青の勇者に相応しい、青を基調としたドレス姿だった。

髪も整え、いつもの騒がしいおてんば系ではなく、お姫様のような感じがした。

残念ながらメリッサはいない。あくまで付き添いなので、別室で待機しているのだろう。

私語をやめ、扉が開くのを待つ。その間もシルキーはずっと睨んできていた。

アルストムの王城にも負けず劣らずの豪華な内装の部屋が見え、その奥にある玉座には髭面の壮年の男……ジーニアス国王が座っていた。

そしてその隣には、銀髪で眼鏡を掛けたイケメンの青年が立っている。

灰色を基調とした礼服に、緑のローブを纏った彼が、『緑の勇者』マッケンジーに間違いなかった。

ああ、久しぶりだ……。

ヒルデガルドという黒い騎士に首を切断されて死んだ、あの最期。あの表情を俺は忘れてはいない。

王様の前に跪くと、王様はにこやかに言った。

「面を上げよ」

見上げると、王様は俺とシルキーを順番に見た。

「赤の勇者クレス、青の勇者シルキーであるな」

「はっ!! 赤の勇者クレスでございます」

「同じく、青の勇者シルキーでございます」

「うむ。いい顔をしておる。これは期待できそうだ」

王様はマッケンジーをチラッと見た。

ああ、そうか。転生前もそうだった。

マッケンジーの奴、俺たちが自分に気づかないって思ってるな。

あくまで勇者としての態度は表に出さずに反応を窺う、マッケンジーなりのジョークのようなものなのだろう。よし、顔を合わせるのは初めてだが、これくらいは言ってもいいか。

「私も、緑の勇者マッケンジー殿に会える日を楽しみに修行を重ねてまいりました。私の拙い実力を最大限に引き出せるのは緑の勇者殿において他なりません。彼のお眼鏡に適うかどうかわかりませんが……期待に応えられるよう努めてまいります」

「はは、噂通り謙虚な男だ。なぁマッケンジー」

「ええ、増長することなく努力を重ねていると報告がありました。どうやら真実のようです」

「え……ま、マッケンジーって、まさか」

シルキーが驚いていた。

そりゃそうだ。普通、王様の隣に立っているのが勇者だなんて思わない。側近か何かだと思ったっておかしくないだろう。

「初めまして。ボクは緑の勇者マッケンジーだ」

マッケンジーはにこやかな笑みを浮かべ一礼した。

俺は特に驚いていない。マッケンジーの顔を知っていたし、それに、彼の秘密も既に知っている。

「父さん、彼らを連れていっていいかな？　せっかくだし勇者同士で話をしてみたい。これから共に旅をする仲間として、ね」

「と、父さん？　え？　え？」

シルキーが動揺している。

まぁ、マッケンジーが国王の息子ってのは、知ったらさすがに戸惑うよな。

「あれ、驚かないんだね。クレスくん」

「いえ、驚いてはおります。国王の御前ですので、万が一にも無礼な態度を取らぬよう努めております」

「へぇ……すごいね。うん、ますます気に入ったよ」

マッケンジーはパンパンと手を叩く。今更だがこいつ、結構明るくていい奴なんだよな。

だからこそ、クレスみたいな奴とは合わなかったのかもしれないけど。

「よし、じゃあ別室でお茶でも飲もうか。キミと彼女の話を聞かせてくれよ」

「はい。わかりました」

「わ、わかりました……」

「ああ、歳も近いし敬語はなしで。ふふ、いい友人になれそうだ」

よし、マッケンジーの第一印象はいい方向に持っていけそうだ。

◇◇◇◇◇◇

俺たちは別室に案内された。

なかなか広い部屋だ。大きな本棚、簡素だが大きいテーブルとソファ、そして執務机。

知っている。ここは、マッケンジーの執務室だ。

「ここはボクの執務室さ。楽にしていいよ」

マッケンジーはソファにどっかり座ると、俺とシルキーを促す。

俺はシルキーをエスコートして座らせた。

「あ、ありがと」

「うん。じゃあ俺も失礼して」

シルキーの奴、まだ少し緊張しているみたいだ。

俺は久しぶりに見たマッケンジーを眺める。

相変わらず線の細いイケメンだ。頭脳労働派とか言ってたくせに、弓の扱いや緑魔法に長《た》けてるんだっけ。最期まで、自分はあくまで裏方だという姿勢を崩さなかったな。

転生前のクレスが使い物にならないとなるとあっさり切り捨て、傭兵を大量に雇って戦力としていた。おかげで、この国の年間予算の大半が依頼料に割かれたらしい。

「何を飲む？　紅茶でもコーヒーでも酒でもいいよ」

「じゃあ紅茶を。シルキー、紅茶好きだったよな？」

「え？　う、うん。知ってたの？」

「まぁね。仲間だし」

「あ……うん。ありがと」

「へぇ……キミたち、恋人同士なのかい？」

「はぁぁ!?　ちち、違うし!!　ここ、恋人とか……」

「はい。恋人ではありません。俺はシルキーを守る剣です」

「あはは。そうだったね」

シルキーは赤くなり俯いてしまった。恋人って言われるのが嫌なのかもしれない。

メイドさんが淹れてくれた紅茶を飲み、マッケンジーが言う。

「赤、青、緑の勇者が揃ったね。あとはボクたちが経験を積んでレベルを上げ、魔王軍との戦いに備えるだけだ。ところで、レベルはいくつだい？　ああ、ボクはキミたちの頭脳として聞いてるんだ。ちゃんと答えてくれないと困る」

「俺はレベル17、シルキーはレベル18です」

「ふむ……ステータス画面を見せてくれるかな？」

俺はステータス画面を思い浮かべ、マッケンジーと目を合わせた。

すると、マッケンジーは目を見開く。

「なんとまぁ……大したスキルの数だ。赤の勇者は多芸だね」

「ありがとうございます」

「でも、まだ低い」

バッサリと切られた。

「魔王や魔王軍幹部とやり合うには、最低でもレベル70は必要だ」

「れ、レベル70!? そんなの、伝説の存在じゃ……現存する人類最高レベルの記録でさえ、レベル60なのよ!?」

「そう。人類最高レベルは60。それでようやく魔王を封印できるレベルだ。だけどボクらは違う……ボクらの代で、魔王を消滅させる」

「じょ……冗談、でしょ」

マッケンジーは本気だ。

そう、これまでの歴史においても、魔王は赤・青・緑の勇者によって封印されてきた。そしてその封印が破られる前に次の勇者を育て、再び封印、そしてまた次世代の勇者が封印……というのが一連のサイクルとなっている。

封印こそが勇者の使命だと思われているが、マッケンジーは魔王を消滅させる気だ。

「幸い、勇者のスキルに経験値アップがあるから、レベルが上がりやすいはずだ。目標レベルは70……いや、余裕を持って80にしよう」

「できるわけがないっ!! は、80って……どんなおとぎ話の世界よ!?」

「アテはあるよ」

「え」

そのアテ、俺も心当たりがあった。

「……ドラゴン退治、だな」

「へぇ……キミ、すごいじゃないか」

「短期でレベルを上げるとなると、それに見合った強敵と戦わないといけない。魔獣が強ければ強いほど、得られる経験値は高くなる」

　って、シギュン先生が言ってた。

　それに、ドラゴン退治には転生前にも行った。

　と言ってもクレスが倒したわけじゃない。マッケンジーが雇った傭兵たちにくっついて、自分は大将気取りでいただけだ。結局、大勢が死んじまった上に、クレスは何も成長しなかったけど。

「ジーニアス王国の南に、ドラゴンの渓谷《けいこく》と呼ばれる危険地帯がある。情報では、そこでドラゴンの異常行動……すなわち、ランペイジが起きてるらしい。全て退治すれば、レベルも相当上がるはずだ」

　ドラゴン・ランペイジ。ドラゴンの渓谷で数十年に一度発生する、大量のドラゴンたちが大暴れする現象のことだ。原因については諸説あるが、渓谷に棲《す》むドラゴンの王を決める戦いだとか、数が増えすぎて苛立ったドラゴンたちが喧嘩してるとか言われている

「し、死ぬに決まってるわ!!　一体でも危険なドラゴンを相手にたった三人で……」

「でも、魔王を消滅させるには戦うしかない。いつ封印が破られるかわからないからね。それに……ぼくたちは勇者だ。きっと負けないさ」

　マッケンジーは自信満々に言った。

　ドラゴンか……確か、転生前にドラゴンの渓谷で戦ったドラゴンは、レベル30くらいだったな。一匹でも倒せばレベルが1くらいは上がる。最初は死ぬ気で挑まなきゃいけないけど、倒せば倒す

ほど楽になるはずだ。

それに、これはチャンスだ。

「行こう、シルキー」

「え……」

「マッケンジーの言う通りだ。俺たちの代で魔王という脅威を取り除こう。そして、真の平和をこの手で掴もう。俺たちの子孫が安心して暮らせる世の中を作るんだ」

「し、子孫って……ば、馬鹿!!」

「へ？」

「あーもう、わかったわよ!! 全く……今回の赤と緑の勇者はアホだったって後世に伝えてやるんだから!!」

「あはは。それはいいね。じゃ、決まりだ。準備もあるだろうし、出発は五日後くらいでいいかな？」

「それでいい。武器の手入れや補給も必要だしな」

「うん。じゃあ、城下町のいい店を紹介するよ。王宮の専属鍛冶師も腕は悪くないんだけど、城下町で店を出しているドワーフには及ばないからね」

「わかった。じゃあ早速行くよ」

「え？ 明日でいいんじゃない？ 今日は疲れただろうし、部屋を用意するけど」

「いや、早いに越したことはない。悪いけど頼む」

「真面目だねぇ……ま、いいけど」

マッケンジーに地図をもらった。

シルキーは与えられた部屋に向かい、メリッサを呼んでお茶をするらしい。出発は五日後だし、買い出しとかお土産を買うために店を見繕うそうだ。ずいぶんと仲良くなったことだ。

俺はまず武器屋……そして。

「奴隷商館……!!　待ってろロラン!!」

城を飛び出し、城下町へ。

武器屋も大事だが、それ以上に大事なロランを迎えに行く。

お金は全財産を持ってきた。前に買った際の金額は五万レン……日本円にすれば五万円だったから余裕で買える。

奴隷商館に到着。ドアをブチ破る勢いで開けると、中にいた警備係っぽい男が前に出た。

「奴隷を買います!!　金ならある!!」

お金を見せると、髭面の執事みたいな男が前に出た。

こいつ知ってる。俺にロランを売った奴隷商人だ。

「いらっしゃいませ。本日はどのような奴隷を『子供だ!!　金髪の……名前はロラン!!』……少々お待ちください」

思わず商人の言葉を遮ってしまった。焦るな、落ち着け。

この場でロランの名前を知っていることを出すのはまずい。

俺は深呼吸し、奴隷商人が帳簿のような物を受付でチェックしているのを待つ。

ロラン。

黄金の勇者。

転生前にはかなり酷いことをした……でも、今回は違う。

この世界を守るため、一緒に戦おう。

まずは、美味しいご飯をいっぱい食べさせよう。服も着せて、剣技を教えて。

「申し訳ございません。そのような奴隷は扱っておりません」

剣技を……剣技、を？　え？　あつかって、ない？

そんなバカな。ロランを買ったのはここだ。

何故。何故だ!?

「馬鹿な!!　ここにいるはずだ!!　ロラン、名前はロランだ。歳は一三、金髪の少年だ!!」

「……申し訳ございません。そのような者は当館では取り扱っておりません」

「嘘だ……なんで」

待て。

ロランはここで買った。

じゃあ、なんでいない？

いない理由。

転生前と違う。

違う……つまり、未来が変わった？

そうだ。シルキーも本来はいないはず。俺が改心したから変わった。

俺が変わったことで変わった未来。

「…………………………………」

『街道に魔獣が――』

『デモンオーク――』

『迂回路――』

待て。前回は……デモンオークを討伐しなかった。

今回は討伐した。それによって迂回路を使うことはなかった。

待て。迂回しなくても良くなった……？

俺は奴隷商人に確認する。

「……ジーニアス王国へ向かう街道に魔獣が出た話は知っているか？」

「ええ。デモンオークが出たとか。今は通行可能になったそうですね」

「迂回路……あったよな？」

「はい。正規ルートが使えないので、国が指定した迂回路がありました。魔獣が倒されたことでわざわざ迂回することはないですがね」

「その迂回路、どこに続いてる？」

「ええと……」

そう、迂回の必要がなくなった。

もし、もしも……ロランを乗せた馬車が迂回することがなかったら？　迂回して立ち寄ったジーニアス王国でロランを売ることなく、正規ルートで本来の目的地へ向かったなら？

「ヒバの町からジーニアス王国へ向かう道の他ですと、リブロ王国へ続く道がありましたな」

ロランは、ヒバの町から迂回してジーニアス王国へ向かった。

本来の道が開通して、ヒバの町からリブロ王国へ向かった可能性は？

「なぁ……ヒバの町から奴隷を売りに来ることはあるのか？」

「もちろんでございます」

「…………」

デモンオークを倒したことで、ロランを連れた奴隷商人が迂回路を使わず、ジーニアス王国ではなくリブロ王国へ行った……のか？

未来が、変わったのか？

そうだ。変わったなら……ここにロランがいないことも納得できる。

「なんてこった……」

まさかの結末に、俺は頭を悩ませることとなった。

幕間　魔王軍幹部『虎猫』天仙娘々

とある山中に、一人の少女がいた。

「あ～ん。がっふ……うんまっ」

少女は、生肉を齧《かじ》っていた。虎のような耳と尾、口から伸びた牙、そして爪。

見た目は獣人だが、さすがの獣人といえども生肉は食べない。だが、見た目一四歳ほどの少女は、血の滴る生肉を貪っていた。食べているのは、仕留めたばかりの魔獣だ。

地面に倒れているのは少女の一〇倍はありそうな巨牛だった。だが、長いツノはへし折られ、強靭な四肢はズタズタに引き裂かれている。こんな真似ができるのは普通ではない証拠だ。

少女は内臓も生で貪り、骨だけになった巨牛を放置して立ち去る。

「甘いの食べたいにゃん……またニンゲンが来ないかな」

この山には、たまに人間が登ってくる。その人間たちが持っている食料などを奪い、食すのが少女の何よりの楽しみでもある。

「……来た」

少女は、人間の匂いを感じ取りニヤッと笑う……デザートの時間である。

「まだ食い足りないし……肉も食べちゃうにゃん」

少女の名は天仙娘々。魔王軍幹部の一人である。

天仙娘々。彼女は、虎の獣人だ。

正確には虎でなく白虎《びゃっこ》……獣人の中でも特に優れた力を持つ、特別な存在だ。

特別な存在というのは、その力を讃えられる者ばかりではない。虎獣人にとって白虎とは、不吉の象徴であり忌むべき存在だった。

彼女は、生まれてすぐに実の親に捨てられた。

名も与えられず、誰も近寄らない森の奥深くに捨てられたのである。

獣人とはいえ赤ん坊。戦うこともできない彼女は泣き叫ぶことしかできなかった。そして、そんな赤ん坊の泣き声は魔獣を引き寄せる。

「ふぎゃぁ、ふぎゃぁぁ――――っ!!」

『グルルル……』

天仙娘々の前に現れたのは、巨大な豚。

雑食で、肉はもちろん魚や木の実、腹が減れば腐った肉も躊躇なく食べる、凶暴な魔獣だった。

天仙娘々は、生まれて間もない身でありながら、自らに迫る命の危機を察した。

『ゴルルォォッ…………ォォ？』

豚魔獣は天仙娘々を丸呑みしようと食らいついた……が、目の前にいた赤ん坊がいきなり消えた。

首を動かし、周囲を何度も確認するがいない。

知能が単純なので諦めるのも早く、豚魔獣はその場を去った。

では、天仙娘々はどこへ行ったのか？

「………」

天仙娘々は、豚魔獣の腹にしがみついていた。そして、豚魔獣が雌だと気づくと、本能のまま乳《ち》房《ぶさ》にしゃぶりつき、豚の乳を吸った。

この時、天仙娘々は生後一ヵ月未満。彼女は、生きる厳しさを本能深くに刻み込んだ。

一年後、天仙娘々は逞《たくま》しく成長していた。

移動はもっぱら豚魔獣の腹で、食事も豚魔獣の乳がメイン。

試しに他の物も食べてみようと、キノコや山菜を齧ってみたら死にかけた。

どうやら毒があったらしい。豚魔獣が食っているのを見たから真似をしたが、失敗だった。

豚魔獣は非常に鈍かった。腹に天仙娘々がしがみついているのに気が付いていない。

この豚魔獣は、天仙娘々にとって食事であり教師だった。口にしても平気な物か毒物か、この豚魔獣から教わったと言っても過言ではない。

そして、天仙娘々が生まれ三年。身体も大きくなり抵抗力も身についた。相変わらず豚の真似をして、毒キノコや毒草を口に入れたりしたおかげというのもある。

動物並みの知能しか持っていない天仙娘々は、自分に何ができるのかを調べた。

身体能力は高い。獣人であり白虎という特異な生まれが、三歳という年齢にハンデを与えていなかった。

視力も発達していた。昼間は当然だが、夜の方がよく見える。

聴力も発達していた。集中すれば虫の歩く音も聞こえた。

嗅覚は特に発達していた。遠くの生物の匂いや、地面にわずかにある残り香さえも嗅ぎ分けられた。

そして武器は、爪と牙。爪はある程度の長さならすぐに伸ばせる。牙も自分の意思である程度なら伸ばせるようだった。まだ体も小さく非力な彼女の戦いは、獲物に気づかれずに忍び寄り、狩る。これしかないと天仙娘々は考えた。

天仙娘々はある日、豚魔獣から離れ、森の中で一人生きることにした。

まず、自分より小さな獲物を狙った。

動きが自分より鈍く、爪や牙でも倒せそうな獲物。天仙娘々が最初に狙ったのは蛇だった。

豚魔獣の腹の下で見たことがある。蛇は毒を持ち、獲物に巻き付いて弱らせ丸呑みにする。なので、頭を切り落としてしまえば勝てる……そう考えた。

天仙娘々は蛇の匂いを嗅ぎ当て、移動の際に出る地面を擦る音を聞き、ついに蛇を見つけた。

「………」

それは、全長一メートルほどの小物だ。

天仙娘々は樹の上から、蛇が樹の真下を通るまでジッと待つ。

そして、蛇が真下を通った瞬間、木から飛び降りて蛇の頭を爪で斬り飛ばした。

蛇は即死した。天仙娘々は早速蛇にかぶりつく。

獣人の咬合力《こうごう》は並ではない。蛇の硬い肉を容易く噛み千切り咀嚼する。美味いとは感じなかったが、美味い不味《まず》いではなく生きるために食べていた。

蛇一匹を完食した後は、初の狩りに喜ぶわけでもなく、大きな欠伸をして寝床を探し始めた。

やがて狩りに慣れ、食料確保に苦戦しなくなる頃。彼女は一三歳になっていた。もっとも、彼女の知能では厳密に生まれて何年経ったかなど、数えてもいなかったが。

成長した身体は大型魔獣も狩れるくらいに強くなっている。

既にこの森に、彼女に勝てる者などいなかった。

まさに彼女こそが、森の女王であったのだ。

今日の獲物は、この森の魔獣では最強の……ドラゴンだ。

その姿は大きなカエルとでも言えばいいのか。顔はカエルだが全身が鱗に包まれ、翼や尾も生えている。

怒らせると厄介なのでいつもは近づかないが、今日は仕留めるつもりでいた。

なんとなく、今の自分であれば勝てる気がしたからだ。

「がるる……」

前傾姿勢になり、軽く唸る。

カエルドラゴンは沼地で昼寝をしている。身体を隠せるような物が見当たらず、戦うなら真正面からになってしまう。だが、彼女はそれで良かった。

「がぁぁぁぁっ!!」

『ガロロロ……』

天仙娘々は獣のように走り出す。沼地は至る所がぬかるみ、武器の一つであるスピードが殺されてしまう。だが、彼女はジグザグに動くことでカエルドラゴンをかく乱した。

カエルドラゴンは翼を広げ、大きな口を開けて長い舌を飛ばす。

「しゃぁぁぁっ!!」

舌は天仙娘々を狙う。粘着性があり、触れただけで捕まるだろう。

天仙娘々はカエルドラゴンに接近、背後から跳躍して翼に掴まった。

『ガロロロッ!!』

「がるるるるっ!!　がぁぁぁぁっ!!」

天仙娘々はカエルドラゴンの翼の付け根に食らいつく。翼は岩のように硬く、バサバサと激しく動く。巨大な岩が暴れているようなもので、叩き落とされれば小さな彼女では致命傷になる。

だが、翼の付け根は動いていない。可動部は硬くなかったので、思い切り噛み付いた。牙が通り、緑色の血が溢れてきた。

『ガルォォォォォォッ!!』

カエルドラゴンが暴れる。痛みで大暴れする巨躯に、必死で食らいつく。絶対に放さない。牙を食い込ませ、爪で鱗をひっ掴む。

そしてついに、天仙娘々の牙がカエルドラゴンの翼を噛み千切った。

『ガオォォォォルォォォッ!?』

カエルドラゴンの目が飛び出す。よっぽど痛いのだろう。

天仙娘々は跳び、飛び出した眼球を思いきり爪で抉った。両の眼球が潰れ、ドロッとした液体が流れてくる。

躊躇わず眼窩に手を突っ込む。全くの勘だが、このまま手を突っ込めばこのカエルドラゴンは死ぬと思ったのだ。

天仙娘々は、大暴れするカエルドラゴンから振り落とされないように、腕を眼球の奥へ奥へと潜り込ませていく。

やがて、手が小さく柔らかい球体を掴んだ。

「がるぁぁぁぁっ!!」

天仙娘々は、その球体を握り潰す。すると、カエルドラゴンがビクンと跳ね、そのまま倒れた。

こうして、彼女は勝利した……かに見えた。

『グルァァァァァァッ!!』

「!?」

脳を潰したのに、カエルドラゴンは生きていた。

天仙娘々は背から投げ出され、泥まみれになりながら転がる。

そして……カエルドラゴンが大きな口を開け、天仙娘々を丸呑みにしようと跳躍した。

「――――ッ」

死ぬ。呑まれる。食われる。

天仙娘々の思考が死に染まる。自分はここで死ぬ――――死ぬ？

そんなバカな。死んでたまるか。喰う。喰ってやる。

「がぁるるるぉぉぉぉぉぉ――――ん!!」

天仙娘々は吠えた。

力が湧き上がり、全身に体毛が生え、顔付きが少女から獣に、四肢や身体付きも変わり、まるで虎のように……いや、白虎そのものに変わる。

『ゴルルルァァァァッ!!』

白虎になった天仙娘々は、カエルドラゴンの跳躍を躱し、着地の瞬間を見計らって飛びついた。

爪、牙がさらに太く強靭になったので、カエルドラゴンの鱗も簡単に食い破れる。そして、天仙娘々はカエルドラゴンの喉笛を噛み千切り……今度こそ勝利した。

『ウォォォォ────ン!!』

白虎となった天仙娘々は、勝利の雄叫《おたけ》びを上げた。

◇◇◇◇◇◇

カエルドラゴンの肉を生で貪る天仙娘々は、妙な気配を感じて振り返る。

「ほぉ……これはまた、獣にしておくにはもったいないな」

「そうでしょうか？　汚いし臭いし……触れるのも嫌ですわ」

「だが、強い。そうでしょう、魔王様？」

「ああ。素晴らしい潜在能力だ。洗脳すれば使えそうだ」

男、黒髪の女、黒い鉄の女だった。黒髪の女は濃い血の匂い、黒い鉄の女は鋼の匂い、男は……何も臭わなかった。

天仙娘々は、獲物を横取りしに来た魔獣と勘違いし、尻尾の毛を逆立て威嚇《いかく》する。

「がるるるるっ!!」

「言葉を持たぬか……ふむ、まずは教育からだな。ブラッドスキュラー」

「はい、魔王様」

ブラッドスキュラーの髪が伸び、天仙娘々を拘束した。

「がるっ⁉　がるるぁぁぁっ‼」

「そう暴れるな。まずは貴様に知性を埋め込む。言葉と生きる知恵を持つのだ」

男……魔王は、天仙娘々の頭に触れた。

「――っが、がががが⁉」

次の瞬間、膨大な知識が天仙娘々の頭に流れ込んできた。

あまりの情報量に脳が燃えた。鼻血が出て目が真っ赤になり、眼球からも出血……だが、魔王は瞬時に治療してしまう。

「身なりも整えるか……」

天仙娘々の身体が淡く輝き、汚れが一瞬で浄化され、淡い光がそのまま服になった。

「今日からお前は天仙娘々……我が下僕だ」

天仙娘々は、ゆっくり跪いた。

「うちはあなたに仕えます。魔王様……にゃん」

「ふ……では、行くぞ」

こうして、天仙娘々の森暮らしは終わった。

捨てられ、森で狩りをして生き抜いた天仙娘々。彼女は魔王に知性を与えられた。そして、魔王軍幹部として迎えられ、永きにわたり仕えることになる。

第五章　ロランの行方とクレスの寄り道

かな。

　リブロ王国。

　確か、以前は『黄の勇者』を輩出していた王国だ。防御特化の勇者で、いわゆるタンク役だった
　何世代か前の魔王討伐で、勇者の力の源である『黄の宝珠』が破壊されて勇者を生み出せなく
なった……だっけ？

　宝珠は、俺たち勇者の力の源だ。魔王を封印し終えると力を一時的に失い、体内から排出される。

もちろん排出されると言っても下から出てくるわけじゃないぞ!!　ここ重要。

　おっと、そんなことより……リブロ王国だ。

「ロラン……」

　馬を走らせながら、リブロ王国へ続く街道を見据える。

　マッケンジーからもらった地図を見ながら、ひたすら速く移動することだけを考えていた。

　早馬はケツも痛いし身体に負担がかかる。でも、早くリブロ王国に行かなければ。

　もしかしたら、ロランが買われてしまうかもしれない……それだけはなんとしても避けなければ。

　もし、ロランが死んだら……考えただけでも恐ろしい。魔王に勝つ手段がなくなってしまう。

「どうどう、どうどーう……ふぅ」

　俺は馬を止め、近くの木陰に移動する。

水筒の水を一気飲みし、荷物からニンジンを出して馬に食べさせる。体力のある若い馬を借りたとはいえ、この馬が潰れたら終わりだ。

地図を確認すると、リブロ王国まであと半分ほどの距離まで来た。

「よし。あと二日もあれば到着するぞ。えーっと……お、近くに小屋があるみたいだ。そこまで行くか」

地図上には、空き小屋がいくつかある。

冒険者支援のために設置された小屋で、使用は自由だ。ただし使ったらきちんと掃除をするという暗黙のルールもある。

俺はそこまで移動し、馬を繋いで小屋の中へ入った。

中には暖炉、椅子、テーブル、毛布が収まっている棚くらいしかない。俺は椅子に座り、カバンからサンドイッチを出して食べた。

「…………」

落ち着いて行動しているように見えて、実際はかなり不安だった。

ロランがいないかもしれない。もしロランがいても売られた後だったら……ネガティブなことばかり頭に浮かぶ。しかも初のソロ冒険だ。不安にならない方がおかしいだろう。

俺は頭を振り、暖炉に薪《まき》をいっぱい入れる。

「ファイア」

威力を調節した小規模のファイアを放ち、暖炉に火を点ける。

部屋が暖かくなると、すぐに眠くなった。

「…………」

ドアに鍵掛けたよな……。

ちくしょう。勇者といえど、疲れには抗えないもんだな。

…………。

「――はっ」

目覚めると、空がやけに明るかった。

外に出てみると、冷たく爽やかな空気が胸に入ってくる。鳥のさえずりや、朝露のきらめきが美しい。

もう朝になってしまったのか。

馬を見ると、喉が渇いたのか抗議するように鳴いた。

「悪い悪い……くぁぁ～」

暖炉の前で寝ていたせいで身体が痛い。

毛布でも敷けば良かったんだが、いつの間にか寝落ちていたようだ。

俺は軽く身体を動かし、保存食を食べて水で流し込む。

馬にブラッシングをしてやると、不機嫌さは吹っ飛んだようだ。

「走りっぱなしになると思うけど……よろしく頼む」

『ブルルルッ……』

馬は、任せろとばかりにいないないた。

俺は荷物を馬に付け、小屋の掃除をして馬に跨る。

「よし、行くぞ」

ほんの一泊だったけど……やっぱり、誰もいないって寂しいな。

一人旅、俺には向いていないかも。

◇◇◇◇◇

リブロ王国へ向かう道中のことだった。ひたすら馬を走らせていると、見覚えのある場所に来てしまった。

そういえば、転生前にリブロ王国にも行ったことがある。どんな用事だったか忘れたけど、勇者として挨拶云々《うんぬん》とかだった気がする。その途中で、この近くの村に寄ったのだ。

そこはクレスたちが辿り着いた時には既に廃村だった。なんでも、大型の魔獣が現れ、村を蹂躙し尽くしたそうだ。

その魔獣は非常に獰猛で、助けに向かった者たちが着いた頃には、住民は全員食われていたらしい。

「……確か、マッドオーガだったか？」

俺は馬を止め、村に続く道を見つめる。

マッドオーガ。確か、オーガ系魔獣では中堅クラスで、平均レベルは20。この先にある村の畑や家畜を狙って現れたのだ。普段は村近くの森にいるんだけど、獲物がいなくなって人里に下りてきたとか。

「…………」

急がなきゃいけないのはわかってる。こうやって止まっている間も、ロランがどんな扱いを受けているのか……くそ、気になる。

でも、ロランがいるかどうかわからないリブロ王国に急ぐより、村に立ち寄ってマッドオーガを倒せないだろうか。俺には時間がないし、リブロ王国を出たらすぐにドラゴンの渓谷に行かねばならない。

リブロ王国でロランを捜し、再びここに戻ってくる……できるだろうか？

それとも、一日犠牲にしてマッドオーガを倒し、村人たちを安心させるべきだろうか。

「…………そうだよな。俺は勇者だ」

迷うことなんてなかった。

俺は馬を方向転換、村へ続く脇道へ向かう。

ロラン、リブロ王国にいるかどうかわからないけど……待っててくれ。

俺は赤の勇者クレス。人々を守る勇者が、目の前の危機を放置して先に進むなんてできない。もしここで村を見捨てたら、俺はきっと立ち直れない。それに……困難から逃げるようじゃどのみち、魔王なんて倒せっこない。

「その代わり、ソッコーで終わらせてやる!!」

俺は馬を急がせ、村に向かった。

村には一五分で到着した。

ハリボテみたいな木製の柵が周囲に立ち、入口には門兵が立っている。でも、門兵はやる気があまりないのか、どこか眠そうにしていた。

……あ、欠伸してる。ありゃ完全にやる気ないな。

門兵は、近寄ってきた俺を見て怪訝《けげん》な顔をする。

「兄さん、こんな何もない村になんの用事だい？」

「村長に会わせてくれ。大事な話があるんだ」

「はぁ？　……失礼だが兄さん、何者だい？」

当然ながら、警戒された。

俺は荷物の中から、アストルム王国の紋章が刻印されたペンダントを取り出した。

「俺はアストルム王国から来た赤の勇者クレス。この村の近くの森に潜んでいる魔獣を追ってきた」

「ゆ……ゆゆ、勇者様⁉」

門兵は驚き、腰を抜かしそうになった。

ふふふ、このペンダント、印籠《いんろう》みたいだな。勇者としての身分を証明する物だって言われて渡されたけど、こんな所で使うことになるとは。

ちょっとだけいい気分に浸っていると、門兵がビシッと敬礼する。

「しょ、少々お待ちください。村長を呼んでまいりますので」

「いや、時間がない。村に入れてくれれば自分で行く。場所を教えてくれ」

「は、はい‼」

門兵に家の場所を聞き、ついでに馬を任せた。

小さな村だし、走った方が速い。住人たちが「なんだなんだ？」と俺を見るが無視。よく見ると子供も結構いる。来て良かった。

長《おさ》の家に到着し、ドアをノックする。すると、いかにも『村長』って感じのお爺さんが出てきた。

「はいはい。どなたですかな？」

「初めまして。俺はアストルム王国から来た赤の勇者クレス。どうか話を聞いてほしい」

ペンダントを見せながら長に挨拶する。村長はやっぱり驚いていた。

「これはこれは……勇者様がこのような村に、なんの御用でしょうか？」

「緊急なんだ。話を聞いてほしい」

「……では、中へどうぞ」

家の中に入ると、小さな女の子がいた。

「おじーちゃん、おきゃくさま？」

「そうだよ。ささ、奥で遊んできなさい」

「はーい！」

女の子は、元気よく家の奥へ。

リビングに案内され、ソファに座る。村長が奥さんらしき人にお茶を頼んでいたが、俺はお茶が来る前に話をすることにした。

「あまりのんびりしていられないのでよく聞いてください。この村近くの森のどこかに、マッドオーガが一体潜んでいます」

「……な、なんと⁉」

「落ち着いてください。マッドオーガは俺がなんとかします。でも、万が一の場合もありますので、住人たちと協力して、村の外壁の強化をお願いします」

「外壁、ですか？」

「はい。ここに来る途中、村の外壁を見ましたが……ただの柵だけでは魔獣が侵入しやすく、今後のことを考えると不安があります。今のうちに本格的な強化を」

「わ、わかりました。若者たちを集め、至急作業を」

たぶん、いつかはやるつもりだったのだろう。その『いつか』が来る前に村が襲われるのだ。ちょっと強めに言ったせいで不安を煽るような形になってしまった。でも、これで村の柵は強化される。

マッドオーガは倒すつもりだが、これから別の魔獣に襲われないとも限らないしな。村には子供もいるし、安全な状態であってほしい。

「それと、この辺りの地図があれば、見せていただけますか？　あと、最近森に入った狩人さんか猟師さんがいたら話を聞かせてください」

俺は、急いでいることをアピールしながら話す。

マッドオーガがいつこの村を滅ぼすのかはわからないけど、急いだ方がいいことは確かだ。まぁ、急いでいるのは俺の都合だけどね。

村長は、村の若者たちに柵造りをするように指示を出し、俺の前に猟師を一人連れてきた。話によると、この猟師さんは昨日森に入ったらしい。早速質問する。

「何か変わったことはありましたか？」

「ん～……そういや、獲物がやたら少なかったな。それに、仕掛けた罠はどれも動いてなかった。いつもは必ず獲物が引っ掛かってるんだが……」

「掛かる獲物がいなかった、それくらい森に動物が少なくなってる……ってことですかね」

「ああ。そういや昔、今みたいな状況があったな……あん時は森にデカい魔獣が出たんだ。毒餌食《どくえ》らわせて弱ったところを、村の若者たちが斧や鍬《くわ》でトドメ刺したんだわ。いやー懐かしい」

悪いが、猟師さんの思い出話に付き合っている暇はない。

「あの、森の中で、開けた場所とかありますか？　大きな魔獣が暴れても平気な所とか」

「おう、あるぜ。地図貸しな」

猟師さんは森の地図にマーキングする。

俺は地図を確認しながら、最後にお願いした。

「猟師さん、昨日森に入ったんですよね。獲物は狩れましたか？」

「もちろんだ。デカい野良豚を仕留めた。今朝解体したばかりのいい肉があるぜ」

この話を聞き、俺は猟師さんにあるお願いをした。

◇◇◇◇◇

村では、畑作業をしていた若者たちが集まり、柵の設置に掛かり始めた。

若者は一〇人くらい。

やっぱり少ないな。村全体を囲う柵を造るのに結構掛かりそうだ。

「なら、権力に頼るか」

俺は村長に頼み、紙をもらう。そして、ジーニアス王国宛の手紙を一筆書く。

内容は、『この村に柵を設置するから手を貸してくれ』という内容だ。勇者クレスの名前とアストルム王国印のペンダントを添えて、村の若者を一人、使いに出す。

これで、早ければ数日以内に手伝いが来るだろう。権力は使える時に使わないとね！

そして、猟師さんから『ある物』をもらい、装備を確認して森に向かう。現在時刻はお昼前。今日中にケリ付けてやる。

馬に跨ろうとしたら、村長の家にいた女の子がこっちに来た。

「ゆうしゃさま、ゆうしゃさま。これあげるー」

「うん？　なんだい？」

「おまもりー」

少女がくれたのは、小さな袋に入った小石だった。小石は磨かれているのかキラキラしてる。

すると、両親が慌てて子供の元へ飛んできた。どうやら村長の息子夫婦らしい。

子供を押さえ、しきりに頭を下げる。

「も、申し訳ございません勇者様。この子が無礼を」

「いえ、無礼だなんて。素晴らしいお守りをもらいました。ありがとう。じゃあ俺もお返し」

俺はカバンから飴玉の入った小瓶を取り出し、女の子にあげた。疲れた時の糖分補給用にと買った物だが、疲れてないしあげちゃおう。

「わぁ！　ありがとう！」

「どういたしまして」

女の子は笑顔になり、両親は俺に頭を下げた。

「……よし！」

不思議とやる気が満ち溢れる……さぁて、狩りの時間だ。

森は、村から馬で三〇分ほどの場所にあった。

馬から降り、森の近くの岩場に馬を待機させ、俺は地図を広げた。

「……よし」

位置を確認し、猟師さんがマーキングしたポイントをチェック。軽く準備運動し、森に入った。

森の中は静かだった。鳥の鳴き声どころか虫一匹すらいないんじゃないか。

猟師さんがマーキングしたポイントに移動する。

指定ポイントは広かった。辺りには樹木も生えておらず、空がよく見えた。

俺は、持っていた袋を開ける。中に入っていたのは……。

「う……血生臭い」

それは、解体したばかりの生肉。そして内臓だった。

そう、これは猟師さんが狩った野良豚の肉と内臓だ。これをこの辺りに撒《ま》き、マッドオーガを呼び寄せる。つまり撒き餌だ。

「…………」

俺は撒き餌をばら撒き、近くの木に登って待つ。

息を潜め、ただじっと待つ。

転生前の知識から思い出す。マッドオーガはオーガ系魔獣の中でも凶暴で、常に腹を空かしているので同種のオーガですら近づかないらしい。

好きな食べ物は肉。わかりやすい。

……今更だが、今の俺で勝てるのか？　いやでも、デモンオークはレベル差が10以上あったけど倒せた。隙を突けば……。

「…………………来た！」

来た、来た……マッドオーガだ。

真っ赤な皮膚、ガチガチムキムキの身体、顔は漫画で見るような鬼そのもので、頭にはツノが生えている。そして、妙に息が荒い。

まるで怒っているようだ。

『フスー、フスー、フスー……ぐぅおるるる』

よし、いいぞ……俺に背を向けるようにしゃがんだ。

どうやら狙い通り、撒き餌を食ってるようだ。しゃがんだまま動かない。

「……いける」

俺は枝の上に立ち、呼吸を整える。

相手は格上。一撃を外せばガチバトルになる。しかも援護はない単独バトル。

一撃。一撃で決める……狙いは首だ。どんな生物も首を斬れば勝てる。

「…………」

俺は無言で枝から跳んだ。

トン——と軽く。叫ぶようなことも無い、技名を言うこともない。

ふわりとした軌道で近づいたマッドオーガの首を狙い——居合技を放つ。

「——」

『——カッ』

ヒヒイロカネ製の刀は、断末魔さえ上げさせず、マッドオーガの首をスパッと斬り落とした。

マッドオーガの首の断面から血が噴き出す。頭が転がり、遅れて身体がズズンと倒れた。

「——っぷはぁ、はぁ、はぁ……はぁぁ〜」

息をするのを忘れていた俺は、胸いっぱいに息を吸い込んだ。

◇◇◇◇◇◇

マッドオーガの生首を村長の家で見せたらガチで驚かれた。

俺だってこんなの触りたくなかったけどしょうがない。ちゃんと討伐の証は見せないとな。

「とりあえず、これで安心です。柵の設置は急ぎでお願いします。それと、念のためジーニアス王国へ応援を要請しましたので、この首を見せてやってください。あと、俺の勇者の証はそのままジーニアス王国で預かってもらってください。後で取りに行きますので」

後は、村長や村の若者に任せよう。

時間は……よし、だいたい午後の三時くらいかな。急げば明日にはリブロ王国へ到着できる。

「では、俺はここで失礼します」

「お、お帰りになられるのですか?」

「はい。用事がありますので」

「で、ですが。お礼の準備もありますし、今夜はお泊まりに」

「……申し訳ございません。自分には使命があります。それに、お礼ならもういただきました」

「……え?」

俺は、女の子からもらった小袋を取り出す。

中には綺麗な石がいっぱい詰まっている。あの子の感謝の気持ちも詰まっている気がした。

「俺にとっては、この小石が何よりの報酬です。どんな宝石にだって負けない輝きを感じられますよ」

「……なんと」

俺は一礼し、村長の家から出た。

すると、村長の孫の女の子が出てきた。

「ゆうしゃさま、飴玉ありがとー」

「こちらこそ、綺麗な石をありがとう」

女の子にお礼を言い、門兵に預けていた馬に跨り、村を後にした。

この村が滅びるという未来を、変えることはできただろうか。

「……よし!」

俺は小石の入った袋をカバンに入れ、リブロ王国へ馬を走らせた。

◇◇◇◇◇◇

翌日。急いだおかげでお昼前にリブロ王国に到着した。

あと三日でロランを見つけなくてはならない。休んでいる暇などないので、すぐに入国する。

門の前で、通行料金を支払い入国した。

まず、馬を休ませるために厩舎付きの宿屋を確保。料金を支払い、早速町へ出る。

「まずは奴隷商館だ。場所は……ああもう、聞くしかないな」

全財産を持ってきたし、マッケンジーから旅費も少し借りた。

今なら、多少の出費は大丈夫だ。前に買った値段と同じなら、ロランを買える。

俺は町の屋台に向かい、串焼きを買いながら店主に聞いた。

「あの、奴隷商館ってどこにあるかわかります？」

「なんだい兄ちゃん。奴隷を買うのかい？」

「ええ。一人旅なので、世話係と盾役も兼ねて」

「なーるほどな。リブロ王国の奴隷商館はデカいぞ～？　老若男女《ろうにゃくなんにょ》問わず粒揃いって話だ。若い女は高いっつーのは変わんねぇけどな」

「なるほど」

店主のおじさんに奴隷商館の場所を聞き、チップ代わりに串焼きをもう一本買った。

急がなきゃいけないのはわかっているけど、この串焼き美味い。

ジューシーな牛肉を塩コショウだけで味付けした物だが、シンプル故に最高だ。

「うんまっ……ロランにも食べさせてやりたいな」

肉のみという昼食もたまにはいい。

腹ごしらえを終えたので、奴隷商館へ向かう。

奴隷商館は大きかった。神殿のような造りで、大きさはデカい街の市役所くらい。

格式の高そうな感じで……なんか入りにくいな。

「………」

ここに、ロランがいるかもしれない。

いなかったら？　……考えたくもない。完全な無駄足。手がかりがなくなる。

ここに来たのは可能性の話だ。未来が変わったおかげで、ロランを乗せた馬車がジーニアス王国へ来なかった。だからいない可能性だって大いにあり得る。

そうしたらどうする？　ロランを捜して、次の町へ行くか？

でも、ジーニアス王国ではシルキーたちが待っている。彼女らをあまり待たせては悪い。

……ああもう、考えてる場合じゃない。

奴隷商館の前には、屈強な護衛が二人いた。ごくりと唾を呑み込み近づくと……あっさりドアを開けてくれた。

中に入ると、執事っぽい初老男性が出迎えてくれる。

「いらっしゃいませ」

「ど、どうも」

完璧すぎるお辞儀だった。

俺もお辞儀で返すと、初老男性はにこやかに微笑む。

「本日はどのような奴隷をお探しですか？　戦闘奴隷、夜奴隷、家事奴隷。多彩かつ高品質の奴隷を取り扱っております」

「は、はい。恐縮です」

思わず頭を下げてしまう。おっと、そんな場合じゃない。

館内を見回すと、結構な数の客がいた。

まるで体育館みたいに広い。接客用のソファが何個もあり、店員らしき人がお金を持ってそうな人を応対している。同じようなドアがたくさんあり、ドアの前には護衛が二人ずつ配置されていた。

このどこかにロランが。

「つい最近、ロランという少年は入らなかっただろうか？　金髪の一三歳だ」

「……少々お待ちを」

情けない。

俺がロランに関して知っているのはこれだけだ。

どこまで以前のクレスはあいつに興味がなかったんだ……ちくしょう。

執事風奴隷商人は裏手に引っ込み、それから間もなくして戻ってきた。

心臓が高鳴る。ロラン、いるのか。

「お客様。ロランという少年は取り扱っておりません」

「――――っ」

スゥーっと、背中が冷たくなった。

いない。ロランがいない。

アテが外れた。未来が変わった。つまり、ロランは？

奴隷じゃない？　そんなバカな。

デモンオークを倒したから未来が変わったんじゃないのか？

待て。俺が転生したから未来が変わった？　馬鹿な。

いない？　そんな。

「お客様……お客様」

「…………ぁ」

「顔色が優れませんな。医者をお呼びしましょうか？」

「……い、いえ。大丈夫……です。あの、この辺りで他の奴隷商館は」

「いえ。ございません。リブロ王国の奴隷商館は当館のみとなっております」

「……そう、ですか」

既に売れた？　まさか。そんな。

ああ、どうしよう。黄金の勇者がいない。魔王も幹部も倒せない。俺が倒すしか……できるのか？　死ぬ。死ぬのか……。

ぐるぐると思考が巡る。どうすれば。

「お客様」

「あ、すみません……では」

「お待ちください。まだお話は終わっておりません」

「……え？」

「どうぞこちらへ」

「……？」

執事風奴隷商人が歩き出した。どうやら付いてこいということらしい。

何も考えられず、俺は歩き出す。こんなことをしている時間はないのに、商人を追っていた。

商人は一つのドアの前に立ち、門兵に開けさせる。

「どうぞ、こちらへ」

「………」

「こちらは商人が同行しないと入れない部屋です。高級な奴隷を扱う特別室とでも言いますか」

「………はぁ」

意味が分からない。

真ん中が通路で、左右がガラス製の窓から室内が見える部屋になっており、中には奴隷たちがいた。

年齢層が若い。それに……なんだかおかしい。

何故、こんな所に……と、商人の足が止まる。

「お客様。こちらの奴隷ですが」

「……え？」

ガラス製の窓の向こうに、誰かがいた。

「――は？」

バカな。バカな……そんなバカな⁉

「ロランという『少年』は取り扱っておりません。ですが……」

それは、金色の髪。

澄んだ瞳をした——。

「ですが、ロランと名乗る『少女』は取り扱っております。先日、入荷したばかりの奴隷です」

「うそだ、ろ……マジかよ」

見間違えるはずがなかった。

部屋にいたのは、ロランだった。

俺が、転生前のクレスが買い、身の回りの世話役とサンドバッグ代わりに使っていた奴隷。

自分が逃げるために囮として使い殺された——。

「ろ、ロラン……」

とても可愛らしい『少女』が、そこにいた。

◇◇◇◇◇

俺は迷いつつも、ロランを購入した。

買うしかなかった。女だろうと、この子は俺の知っている……転生前のクレスが購入した『ロラン』なのだから。

お金はなんとかなった。あとは契約書にサインするだけかと思いきや。

「では、こちらにサインを。奴隷紋を刻みますので」

「……奴隷紋？」

「奴隷紋とは、主人と奴隷の契約の証でございます。この紋を刻むことで主人の命令には絶対服従。逆らうと強力な痛みが全身を襲います」

「必要ない」

「規則ですので」

奴隷商人が羊皮紙を俺に渡し、別の羊皮紙をロランに持たせる。

すると、羊皮紙が一瞬で燃え、俺とロランの手の甲に妙な痣が浮かんだ。

「それが奴隷紋でございます。ステータス画面を確認することで、新たなスキルが使用可能となっておりますのでご確認くださいませ」

「ステータス画面？」

言われるまま見ると、『奴隷紋：レベル1』というスキルが追加されていた。

おいおい、奴隷紋にレベルとかあるのかよ。

さすがに驚いていると、奴隷商人が説明してくれた。

「奴隷紋はレベルが上がりますと様々な効果を発揮します。お客様が選んだのは『戦闘奴隷紋』となりますので、各種戦闘能力アップに繋がる効果を得られます」

「へぇ……」

確かに、攻撃力がわずかに上昇する、という効果が付いているのが見える。

レベルが上がるともっと上昇するのだろうか。でも、まともな方法でレベルなんて上げられるのか？

「では、またのお越しを」

商館を出た俺は、陽《ひ》の光の下で改めてロランを見た。

薄いパジャマみたいな服、薄皮の靴だけの装備だ。

肉付きは薄いが顔立ちは整っている。転生前に見た時は汚らしく、全く色気がないので気が付かなかったが、まさか女の子だとは……参ったな。

「あー、初めまして。俺の名はクレス。まぁ、よろしく」

「……お願い、します」

お、喋った。

おずおずと頭を下げた。転生前のクレスから見たロランは、何も喋らないサンドバッグだったけど……ああもう、なんでこんな記憶しかないんだ。女の子だぞ女の子!!

でも、黄金の勇者なんだよなぁ……こんな小さな身体で戦え……あ。

「な、なぁ。その……お前を買ったのは、戦闘奴隷としてなんだけど……た、戦うの怖くないか？」

「はい……あなた様が戦えと言うのでしたら、命を懸けて戦います」

「い、いや。そんな重い感じじゃなくて……あ、そうだ!!　メシ食うか。あ、その前に服を買おう。あの、女の子っぽい服でもいいんだけど、戦闘奴隷だし、動きやすさを重視した……」

やばい。何を言えばいいんだ。

曽山光一の時もだが、女の子と付き合ったことなんてない。クレスは娼館通いばっかりだし、一三歳の女の子と一緒なんてどうすりゃいいのよ。

ま、まずは服屋。そしてメシ。装備はいずれ……かな。

幸い、ロラン捜索は一日で終わった。ドラゴンの渓谷に行くまで時間があるし、少しリブロ王国を観光してロランと打ち解けよう。

「よし。まずは服屋に行こう」

「はい。ご主人様」

「ご主人様は禁止」

「はい。クレス様」

「……まぁ、今はそれでいいか」

というわけで、早速服屋に向かう。

◇◇◇◇◇◇

「うんうん、似合ってるぞ」

「はい……ありがとうございます」

試着を終えて出てきたロランに、俺は称賛を送った。しかしロランは嬉しいのか嬉しくないのかわからない、ぼんやりした表情のままだ。

ワイシャツに短パン、そして女の子っぽく短パンの上からでも穿けるスカートを買った。着替え用に似たような服を何着か買い、ロラン用のカバンや下着なども買う。

まだ警戒しているのか、ロランはなかなか喋ってくれない。なんとか信頼関係を構築しないと。

「服はこんな感じでいいか。次はメシだな。何か食べたいのあるか？」

「クレス様にお任せします」

「そ、そうか？　じゃあ……あ、質問していいか？　奴隷商館ではどんな食事が出たんだ？」

「お買いになられた方の迷惑にならないように、栄養管理された簡素な食事でした」

「肉とか魚は？」

「肉は一〇日に一度、少しだけ……魚も同様です。普段は野菜中心でした」

「なるほど」

商品だしな。大事に扱っているようだ。

ラノべとか漫画では、牢獄みたいな場所に鎖で繋がれているイメージだったが。

ま、それはそれでいい。

「じゃあ、肉を食べるか。せっかくのお祝いだしな」

「……お祝い？」

「ああ。こうしてロランと再会できたお祝いだ」

「……初対面ではないのですか？」

「おーっとそうだった!!　あっはっは!!」

「？？？」

笑って誤魔化す俺。

ロランは首を傾げ、頭に疑問符を浮かべていた。

「何食べる？　焼肉？　すき焼き？　もつ鍋とか焼き鳥とかもいいな。金はあるから心配しなくていいぞ？」

「……えっと」

「よし、じゃあいろいろ回ってみるか。屋台とか並んでる場所もあったし、俺も腹減ったよ」

「……くす」

お、ロランが笑った。

よーし、もっともっと笑わせてやるぞ!!

そして俺は、ロランを連れて屋台の立ち並ぶ広場へ向かった。

片っ端から屋台を覗き、肉という肉を満喫する。串焼きがメインで、肉野菜のスープやサンマの丸焼きみたいなのもあり、なんとチョコバナナまで売っていたのは驚いた
……ああ、もちろん全部食べたよ。

「は、腹がいっぱいだ……ロラン、お前は？」

「ま、満腹です。こんなに食べたの、初めてです」

「そっか。良かった」

「……はい。ありがとうございます」

おお、また笑った。

信頼関係の構築は順調だ。このまま仲良くなるぞ!!

「そろそろ日も暮れそうだし、宿に帰るか」

「っ!!　は、はい……」

「晩飯は……いらないか」

「は、はい……っ」

あれ、なんか緊張してるっぽいな。

ロランと一緒に宿へ戻り俺が借りた部屋へ。ちなみにダブルを借りたのでロランがいても大丈夫。

部屋に戻り、装備を外して窓際の椅子に座る。

「どうした？　そんな隅っこいないでこっち座れよ。いろいろ話もしたいし」

「……は、はい。その、覚悟はできています」

「はい？」

「わ、私は、まだその、経験がないので……それに、胸も小さいですし、クレス様を満足させられるか」

「…………」

なんか嫌な予感がした。

ロランは頬を染め、今日買ったばかりのシャツのボタンに手を――。

「ちょ!!　待て待て待て!!　何勘違いしてんだ!?　そういうのは求めてない、ないない!!」

俺は慌てて止める。

なんてこった……ロランが緊張してたのって、俺がそういうことをするかもしれないからだったのか。

はっきり言う。ロランに対してそういう感情はない。

俺がロランに対して持っているのは……猛烈な後悔と罪悪感だ。だから、二度目の人生では幸せ

にしてあげたい。

でも、黄金の勇者として魔王と戦ってもらわないといけないのも確かだ。言っててなんだけど、矛盾してるよな……。

ロランは驚いたように俺を見る。

「いいか、俺がお前を買ったのはそういうことをさせるためじゃない。俺には見えたんだ。お前には素晴らしい才能がある。鍛えればきっと、一流の戦士になれる。ロラン、お前は女の子だ。どういう経緯で奴隷になったのかは知らないけど……それでも、俺と一緒に戦ってほしい」

「……」

「とりあえず、こっちに来て座れ。お前の話を聞きたい」

「……はい」

男が女奴隷を買う。まぁ……そう考えるのも無理はないよなぁ。

とりあえず、今はロランのことを聞こう。

ロランは、少しずつ話してくれた。

家族が増えすぎてお金に困ったため、真ん中の子供であるロランが売りに出されたこと。売られた後に奴隷商館を抜け出して家族に会いに行ったら思いきり拒絶されたこと。連れ戻された後に酷い仕打ちを受けたこと。そして俺に買われたこと……。

なるほど。この世界では思ったより当然に、奴隷の売り買いがあるのだ。

犯罪を犯し奴隷になった者や、生活苦で子供を売る親、獣人や虫人という亜人を捕まえて売る輩もいれば、自らを奴隷に売り出す者など……。

ロランの場合、生活苦で売られた、に該当するようだ。

少しだけ、気になることがあった。

「なぁ、ロランって名前は本名なのか？」

「いえ、愛称です。本名はローランサローネと言います。おじいちゃんが付けてくれたらしいんですけど……家族からはロランと」

「なるほど。ローランサローネ……いい名前だな」

「ありがとうございます」

「……その、家族に会いたいか？」

「いえ、もう私の居場所はありませんので……それに、優しいクレス様に買っていただけたので、最後までお仕えしたいと思います」

「最後って……ん～」

一応、魔王を倒したら解放するつもりだ。

というか、規則じゃなきゃこんな主従関係は必要ない。だが、奴隷商人曰く、奴隷との契約を破棄するには最低一年以上の主従契約をしなくてはならないのだという。

贔屓《ひいき》目抜きに見ても、ロランは美少女だ。

魔王を討伐すれば富や名声も得るだろうし、結婚して幸せな生活を送ることもできる。

俺は、その時までロランを支えればいい。それが俺の罪滅ぼしだ。

「ま、まぁいい。それより、俺のことも話しておかないとな」

「クレス様のこと……？」

「ああ。お前を買った理由と、これからの頼みだ」

「……はい」

ロランは真剣な表情になり、俺の目をまっすぐ見た。

大きくてクリっとした瞳だ。小顔で、短めの金髪はサラサラしている。

そのまなざしは、過去の……転生前のクレスの悪行を思い出させる。


『おいロラン、こっち来いよ……おらっ!!』

『げうっ!?』

『あーあーきったねぇ、吐きやがったよこいつ。罰として飯抜きな～♪』

『は、はい……げっほ、げほっ』


俺は、俺じゃないクレスの記憶がつらかった。曽山光一としての意志が、善良な心が酷く痛かった。

あのクズが……ちくしょう。

「クレス様？」

「あ、ああ……悪い」

「はい」

俺は、ロランから目を逸らしつつ自分のことを話した。

「赤の勇者様……魔王討伐……」

「ああ。俺は赤の勇者クレス。魔王討伐をするために修行中だ。ロラン、お前には俺の従騎士となって一緒に戦ってほしい」

「わ、私ですか？　あの、私は剣を握ったことも……」

「大丈夫。俺が指導する」

「で、でも……な、なんで私、なのでしょうか？」

もっともだ。

赤の勇者は国に任命された戦士だ。共に戦う従者の騎士なら有能なのがたくさんいるだろう。何故リブロ王国に売られていた奴隷なのか、その説明は難しい。

でも、俺は知っている。ロランが伝承に存在しない『黄金の勇者』だと。

今、黄金の勇者の話をしても意味がない。とりあえずそれっぽく言うか。

「さっきも言ったがお前には才能がある。一目見てわかった……俺の従騎士はお前しかいない、と」

「え……」

「女の子のお前に剣を握れと言う俺は最低だ。それでもお願いする……俺と一緒に戦ってくれ」

「…………」

まだ呑み込めないのか、ロランは目をパチパチしている。

俺はまっすぐロランを見た。ロランもまた、こちらを見返し、そして――。

「わかりました。私でお役に立てるかわかりませんが、精一杯やらせていただきます」

「……ありがとう」

俺はロランに頭を下げる。すると、ロランは慌てた。

「ど、奴隷の私に頭を下げる必要などありません!!　私は」

「いいんだ。ロラン、これは俺がやりたいからやってるんだ」

「クレス様……」

これで、ようやく全て整った。

後は、ロランを鍛えて黄金の勇者として覚醒させる。そして、来るべき日に備えるんだ。

さて、話は纏まった。

「じゃ、今日は風呂入って寝るか。話し疲れたろ?」

「い、いえ。私は」

「それと、俺に気を使わなくていいから。明日はロランの装備を調えに行くぞ。ステータスのことは知っているか?」

「はい。自身の能力値を数値化して見ることですよね」

「ああ。もしかして……見れる?」

「はい。幼い頃から無意識にできるみたいで……家族は驚いていました」

「そ、そうなんだ」

ドロシー先生曰く、慣れないとできないんじゃなかったっけ。

「それ、見せてくれるか?」

「……見せる?」

「ああ。ステータス画面を浮かべて、俺の目を見てくれ」

「わかりました」

ロランは、俺の目をまっすぐ見た。

ロラン：レベル1
《スキル》
奴隷印：レベル1

「……なるほど。奴隷印か」

俺のは奴隷紋だし、主人と奴隷の違いかな。

というか、やっぱり総合レベルが低い。初期レベルのままだ。

これは鍛えがいがあるな……。

「あ、あの……これ、低い……ですよね？」

「ま、最初はこんなもんだ。俺もレベル低いしな……」

まだ総合レベル17だ。ドラゴンの渓谷でどれだけ上がるかな……。

「よし、ステータスはもういい。風呂入って寝ようぜ。確か、近くに公衆浴場があるはず。行ってみよう」

「は、はい」

この日、異世界の銭湯で汗を流し、そのまま朝までぐっすり寝た。

当然、ロランに手を出すようなことはない。

明日は装備を調えるか。大丈夫、お金はまだある。

翌日。朝食を食べた俺とロランは、腹ごなしに散歩をしつつ町の空気を感じた。

リブロ王国。かつて『黄の勇者』を輩出した王国だ。衰退していると聞いたが、見た感じそうは思わない。活気もあるし、朝から露店のおっちゃんが客寄せしてる。

……正直やかましい。

ロランは、見る物全てが珍しいのかキョロキョロしていた。

「奴隷商館では外出とかしなかったのか？」

「はい。地下に運動のできる空間がありまして。体調管理のために、三日に一度の運動時間が義務付けられていました」

「すごいな……」

「商品価値の維持のため、と教わりました。私がいた奴隷独房は『上級』という場所でしたので……他の奴隷より扱いが少し良かったみたいです」

「上級、ね」

「はい。理由は不明ですが……」

理由はわかる。この優れた容姿であれば、高値が付けられるからだろう。

転生前のクレスは、服は擦り切れた襤褸《ぼろ》を着せ、風呂にも入れず、髪も伸びっぱなしでほぼ放置していたからな。

食事も残飯みたいなモノだったし、栄養状態が悪くてガリガリに痩せていたから、女の子だって気づかなかった。

またクレスに怒りが湧いてくるが、ひとまずそれは置いておいて。

「ロラン、奴隷商館で何か習ったり、得意なこととかあるか？」

「いえ……商館では運動と食事以外は何も。簡単な算術や字の書き方は習いました。その……」

「ん？」

「わ、私はその、『夜奴隷』として売られることを想定していたらしいので……」

「……す、すまん」

つまり、エッチなことをするための奴隷だ。

俺が『戦闘奴隷』としてロランを買うとは奴隷商館側も思っていなかったようだ。

ロランは恥ずかしいのか俯き、赤くなっている。

くそ、俺まで恥ずかしいぞ。

「あー……そ、そうだ。武器屋だ、武器屋に行こう。ロランの装備を調えないとな!!」

本当はもうちょっとブラブラしてから行く予定だったけど、気まずかったので本来の目的地へ向かうことにした。

気まずいままやってきた武器屋だが、中に入るとロランは興奮したように店内を見回していた。

「わぁ～……武器がいっぱい」

「武器屋だしな」

剣、槍、斧、短剣、モーニングスター、ナイフ。いろんな武器がこれでもかと並んでいる。

ロランの購入費用やその他諸々《もろもろ》でお金があまりない。俺の武器の手入れとロランの装備、ドラゴンの渓谷に向かう準備もあるし、あまりお金は掛けられないな。

「……らっしゃい」

店主は、愛想の悪いドワーフだ。

新聞片手に欠伸をして、昼前だというのに酒を飲んでいる。あまり真面目じゃないのかも。

俺とロランは店主に会釈《えしゃく》し、武器を見ることにした。

「さてロラン。何がいい？」

「え、えっと……」

ま、いきなり『どんな武器がお好き？』なんて聞いてわかるわけないか。

とりあえず、無難なショートソードを一本掴む。

「いろいろ試してみよう。使いやすい、これだ!!　ってやつがあったら教えてくれ」

「は、はい」

ロランはショートソードを手に持つ。

「わわ、思ったより軽いです」

「だろ？　まず剣の握りだ。そんなに握りしめなくていい。軽く、すっぽ抜けない程度の力で」

「はい、クレス様」

「腰を入れて、前傾にならないように。うん、いい感じ」

「は、はい」

「ゆっくり腕を持ち上げて……振る」

「やぁ!!」

ピュン、と風を切る音がした。

初めてにしてはなかなか鋭い太刀筋だ。やはり才能がある。

何度か剣を振らせてみると……。

「どうだ？」

「はい‼　軽くて振りやすいです。それに、新しいスキルが手に入りました」

「そうかそうか……はい⁉」

「わわっ⁉」

思わず身を乗り出して驚いた俺に、ロランは若干引いた。

「す、スキル⁉　うそ、マジで⁉」

「は、はい……剣技のスキルです」

「うそ⁉」

ステータスを見せてもらうと、確かに『剣技』が追加されていた。

たった数度剣を振っただけで習得かよ⁉　俺よりも成長性高いぞ。

これが黄金の勇者……いや、ロランのステータスには『黄金の勇者』が表示されてない。パッシブスキルなのか、隠しスキルなのか？　わからん。

でも、これはすごいことだ。

「……ほう」

ドワーフの店主が、眼鏡をクイッと上げてこっちを見ていた。

俺とロランが店主を見ると、新聞を畳む。

「続けな。久しぶりに面白い客が来やがった」

「は、はい。ロラン、次は槍にしてみるか」

「わ、わかりました」

ロランの身長よりやや長い槍を渡し、構えを指導して虚空を突く。

「やっ!!」

「よし、そのままもう一度!!」

「はっ!!」

何度か突きを繰り返すと……。

「あ、新しいスキルを得ました」

「お、おう。な？　言った通り、お前には才能があるんだよ」

「は、はい……私にこんな力が」

「よし。じゃあ次」

こうして、武器屋にあった武器を持たせて振らせた結果、そのどれもで簡単にスキルを得てしまった。

最終的に、『剣技』『槍技』『双剣技』『短剣技』『弓技』『投擲技』まで習得した。

斧やモーニングスターなど、筋力的にそもそも持てない物は断念したが、それを差し引いても凄まじい結果になった。

豊富なスキルを得たので、武器も選《よ》り取り見取りだ。

「ロラン、どの武器がしっくりきた？」

「え、えっと……」

「全部、だろ？」

「「え」」

ドワーフの店主さんがニヤニヤしながら言った。

「動きはズブの素人だが、とんでもねぇセンスを持ってやがる。どの武器を持たせても超一流になる素質があるぜ。なぁお嬢ちゃんよ、正直に言いな」

「……その通りです。どの武器もしっくりきて……その、どれでもいいっていうわけじゃないんですけど、決めにくいというか」

ロランはモジモジしていた。俺の質問にしっかり答えることができないのを恥じているのだろう。

さすがに驚いた。まさか、全部しっくりくるなんて。

じゃ、決まりだな。

「じゃあ、剣と槍、短剣二本と投擲用ナイフ、短弓を予算内で見繕ってください。お金はこれだけ」

「あいよ。久しぶりにいいモン見せてもらった礼だ。剣はミスリル製のやつをくれてやる」

「え、いいんですか？」

「ああ。ついでに、お前さんの装備もよこしな。手入れしてやる」

代金を支払い、ロランの武器を購入した。

腰にガンベルトみたいな革製のベルトを巻き、そこにミスリルソードを吊る。短剣は背中に交差させるようにサスペンダーで固定し、槍も一緒に固定した。

ついでに、防具も買った。予算がギリギリだったので、革の胸当てと籠手《こて》とレガースだ。

結構な重装備になったが……大丈夫か？

痩せたロランには不釣り合いな格好になっている。

「ロラン、重くないか？」

「はい。すっごく軽いです。特にこの剣、重さを感じないくらい軽くて」

「ミスリル製だからな」

ミスリルは軽い。しかも強度は鋼の数十倍ある。その分値段も高いが……ドワーフの店主には感謝しなくちゃな。

「ほぉ、ヒヒイロカネか……立派なモンだ」

「ありがとうございます。あの、手入れにどのくらい」

「明日、取りに来な。ばっちり仕上げてやる」

「ありがとうございます。よろしくお願いします！」

「お、おう。ったく、最近の若いモンにしちゃ礼儀がなってやがる。近頃のガキは生意気なタメ口で依頼しやがるし、文句ばかり付けるのにな」

「あはは……」

まるで転生前のクレスだな。

俺の装備が仕上がるのは明日。今日明日で旅支度を調えて、明後日にはドラゴンの渓谷に向かって出発するか。

「それとお嬢ちゃん。師匠からしっかり技術を学びな。お前さんはきっといい戦士になれるぜ」

「師匠……」

ドワーフの店主がそう言うと、ロランは俺をじーっと見た。えっ、なになに？

再度、礼を言って店を出ると、日はすっかり高くなっていた。

「それなりに時間使ったな……お昼には少し早いけど、飯でも食うか？」

「は、はい。えっと……」

「ん？」

ロランはもごもごして、顔を赤くしながら言った。

「わ、わかりました……お、お師匠さま」

「え」

「……その、ダメでしょうか？」

「…………」

やばい。不覚にも……ロランが可愛いと思ってしまった。

「ははは。お師匠様か……俺も修行中だけど、俺に教えられることはなんでも教えてやる。改めて、これからよろしくな、ロラン」

「は、はい!! よろしくお願いします、お師匠さま!!」

「うし。じゃあメシだ。腹減ったしな」

「はい、お師匠さま!!」

こうして、俺とロランは師弟関係になった。

過去の過《あやま》ちが消えたわけじゃないけど、今度はしっかりロランを導こう。

◇◇◇◇◇◇

ロランと買い物をして、宿屋へ戻ってきた。

新しくカバンを買い、ロランにプレゼントした。革製の安いやつだが、ロランはとても喜んでくれた。こんな風に笑ってくれることが何よりも嬉しい。

部屋に戻るなり、ロランは装備を全て外した。

「…………」

「どうした？」

ロランは、買ったばかりの装備をじーっと眺めていた。

まるで、おもちゃを買ってもらったばかりの子供みたいに見え、なんとなく俺も笑ってしまう。

「……私、こんな風に誰かに物を買ってもらったことがないので……嬉しくて」

「はは。そうか。でも、道具は使ってナンボのモンだ。これからしっかり頼むぞ」

「はい!!　お師匠さまの足を引っ張らないように頑張ります!!」

「うむ。なーんて、そんな堅苦しい感じじゃなくていいからさ」

「でも、お師匠さまですから。あの、何かやることがあれば」

「んー……じゃあ」

夕飯まではまだ早いし、買い物で少し疲れてしまった。

のんびりしろと言いたいが、ロランはやる気に満ち溢れている。少し発散させた方がいいかな。

「よし、ちょっと待ってろ」

俺は宿屋の受付に向かい、宿屋の裏庭を貸してもらうよう交渉した。ついでに、丸太を一本買い、中心を円形に削って立たせておく。

ロランを裏庭に呼び、丸太を指さしながら言った。

「投擲武器の訓練をしよう」

丸太の中心を狙いナイフを投げる訓練だ。丸太の後ろは石壁になっているので危険もない。

丸太との距離は約五メートル。最初はこんなもんだ。

俺は自分のベルトから、三角錐のダガーナイフを一本取り、適当に投げる。すると、丸太の円の中心に刺さった。

「と、こんな感じだ」

「おぉ～!! さすがお師匠さまです!!」

うーん、だいぶ砕けて明るくなった。目がキラキラしてるよ。

俺の『投擲技』はレベル7、ロランはまだレベル1だ。

「投げ方は覚えてるか？」

「はい!! 力を抜き、的を意識しすぎないように、的ではなく狙う全体を見る……」

「よし。じゃあやってみろ。まずは五メートルから。一〇本投げて九本命中したら、一メートル下がる。同じように繰り返して一五メートルまで下がればクリアだ」

「じゅっ、じゅうご……お、お師匠さまは」

「当然、クリアしたぞ。心配するな、お前もできるさ」

「が……頑張りますっ!!」

ロランは早速ダガーナイフ（俺とおそろい）を抜き、構える。

俺は少し距離を取り、気配を消した。ロランの集中を邪魔しないようにしなければ。

「――――シッ!!」

綺麗なフォームだった。

俺の完コピとも言える投擲だ。ナイフはまっすぐ飛び、的のど真ん中に命中する。

「や、やった!!　やりましたお師匠さま!!」

「お、おお……よし、そのまま集中。いいか、一発命中させたからって気を抜くな」

「はい!!　お師匠さま!!」

ロランはナイフを抜き、再度投擲。これも命中した。

その後、ロランは次々とナイフを投擲、命中させた。

そして、ノーミスで一〇本命中させ、五メートルをクリア。これには驚いた。

「お師匠さま、全て命中しました」

「ああ、よくやった。これで五メートルはクリア。次は六メートルだ」

「はい。あ、レベルが上がりました。『投擲技』、レベル2です!」

「そうか……よ、よし。じゃあ六メートルの距離でいこう」

「はい!!」

俺はなんとか平静を保つ。

嘘だろ？　たった一〇回の投擲でレベルアップとは。俺ですらレベルを1上げるのに一日掛かったんだぞ。スキルの習得こそ早かったが、レベルはなかなか上がらなかったのに。

だが、不思議と、嫉妬などはなかった。

ロランは俺より強くなる。無限の可能性があるのだ。

そのことが嬉しく、魔王討伐も現実味を帯びてきたと確信できた。

ダガーナイフを投擲するロランを見ながら、ふと思った。

「そういえば、魔法って習得できるよな……」

ロランは、間違いなく魔法を習得できる。

不思議と、そんな未来が見えた気がした。

翌日。

武器を引き取りに行った帰りに、魔法神殿に寄ることにした。魔法神殿は大きな町にはたいていあるらしく、宿屋の主人に聞くと、やはりこの町にもあるようだ。

ちなみにあの後、ロランの投擲技はレベル5まで上がった。いやはや、才能って恐ろしいな。

魔法神殿までの道すがら、ロランに魔法の説明をする。

「まほう、ですか？」

「ああ。お前もきっと使えるはずだ。ちなみに俺も使えるぞ……ほれ」

俺が指先に小さな火球を作って見せると、ロランは目をキラキラさせた。

「わぁ……きれいです」

「そうか？　ああ、街中じゃこれ以上は見せられないな。それより、お前も魔法を覚えられるぞ」

「まほう……私も火を出せるのでしょうか？」

「んー、火かどうかはわからないけど、お前に合った魔法が習得できるはずだ」

いろんな意味で、とんでもない結果にならないといいけどな。

一応、言っておくか。

「ロラン。魔法が習得できても、俺以外には言うな」

「え？」

「いいか。魔法が習得できる人間と、できない人間がいる。こればかりは才能だからどうしようもないけど……魔法が習得できない奴の隣で、お前が大きな声で喜んだらどう思う？」

「………………」

「そういうことだ。祈りを捧げて魔法を習得できたら、黙ってすぐに神殿から出るぞ」

「あ、あの……お師匠様。私、魔法を習得できなかったら……」

「できる」

「え……」

「自信を持て。いいか、お前なら絶対習得できる。絶対だ」

「は……はい!!」

ドロシー先生から教えてもらったことだが、魔法神殿には毎日多くの参拝者が来るらしい。一度の祈りで魔法を習得できなかった者が何度も通《かよ》ったりすることもあるらしく、基本的に祈りを捧げるのは自由とのことだ。

もしスキルを習得できても、神殿に報告する義務などはない。

俺が恐れているのは、ロランの奴がとんでもないスキルを習得して、目立ってしまう可能性があることだ。なので、スキルを習得しても何も言わず、神殿を離れることにした。

というわけで、やってきました魔法神殿。

「ここが魔法神殿か……大きいな」

「わ、ぁ……すごい」

外観はサグラダファミリアみたいだ。入口も横長に広く、何十人、何百人と一斉に出入りできる。なんとなく、観光スポットにもなっているような気がした。

神殿を見上げたまま硬直しているロランの頭をポンポン撫でる。

「ほら、後でゆっくり見て回ろう。今は祈りを捧げるのが先だ」

「は、はい」

神殿内に入ると、なんともまぁ……すごかった。

広さは巨大な体育館並みだ。壁には世界遺産にあるような荘厳な絵が描かれ、神様っぽい彫刻がずらっと並び、室内を照らす巨大シャンデリアがキラキラ輝いている。入口の反対側の壁の上部がステンドグラスになっており、そこの下が祈りを捧げる場所になっているようだ。

祈りの場では、何十人もの人が祈りを捧げている。

若ければ若いほど魔法習得率が高いというが……おっさんが多かった。もちろん、少年少女も多い。

「あそこで祈りを捧げるんだ」

「はい。あの、祈りとはどうやって？」

「あー……『魔法ください！』みたいな祈りでいいんじゃないか？」

「わかりました」

「あと、魔法スキルを得ても騒ぐなよ？」

「はい。あの、お師匠さま……お願いが」

「ん？」

「私の隣で、一緒に祈ってもらえないでしょうか？」

「ああ、いいぞ」

俺は既に魔法を習得しているけど、別にいいか。

俺とロランは祈りの場に向かった。そして、周りの人と同じように膝立ちになり、両手を組んで祈る。

「…………」

ここは、魔法神殿……魔法を習得するために祈る場所だ。本来俺には必要ない。

でも……俺は祈った。どうしてこうなったのかはわからない、思うところがないわけでもない。

それでも、二度目の機会をくれた神に祈らずはいられなかった。

転生させてくれて、ありがとうございます……と。

ややあって祈りを終え、神殿の外へ出た。

俺とロランは無言のまま歩き、俺が質問した。

「どうだった？」

「はい。魔法スキルを習得しました」

「そうか。おめでとう」

「ありがとうございます、お師匠さま」

ロランはにっこり笑った。

騒ぐなという指示を忠実に守ったようだ。なので、俺はロランの頭を撫でてやった。

「あ……えへへ」

「じゃ、メシでも食うか。スキル習得の祝いに好きなの食べていいぞ。肉と魚どっちがいい？」

「え、えっと……じゃあ、お肉で」

「よし。焼肉でも食べるか」

目指すは焼肉屋。確か、近くにあったな。

「そういえば、どんな魔法スキルを習得したんだ？」

「えっと、『聖魔法』と『光魔法』です。なんか二つ習得しちゃいました」

「………………」

どっちもレアスキルだよ……ドロシー先生が知ったら腰抜かすくらいのな。

◇◇◇◇◇◇

さて、ここでロランのスキルを確認だ。

○ロラン：レベル3
《スキル》
奴隷印：レベル1　剣技：レベル3　槍技：レベル1　双剣技：レベル1　短剣技：レベル1
弓技：レベル1　投擲技：レベル5　聖魔法：レベル1　光魔法：レベル1

すごいな……出会って数日しか経過してないのにレベル3だぞ。

スキルの習得率、経験値取得率、そして戦いのセンス。全てがずば抜けている。ドワーフの店主も言ってたが、ロランには天性というものが備わっているらしい。

当の本人はというと、焼肉を食べて満足したのかベッドでスヤスヤ眠っている。

明日にはドラゴンの渓谷に向かって出発する。

早馬で一日の距離だ。マッケンジーの定めた期限まで二日あるし、ゆっくり急がず進んでいこう。

それに、ロランに実戦経験を積ませるチャンスでもある。

「俺も鍛えないといけないし、明日はドラゴンの渓谷に向かいながら戦闘をしよう。ロランと一緒に俺も強くならないと……一応、師匠だしな」

宿屋の窓際に座って、身体を丸めて猫のように眠るロランを眺める。

一三歳という年齢通り、まだあどけなさが残っている。だが、顔立ちはしっかりとした女の子で、美少女の部類に入るだろう。金色のセミショートヘアがさらりと揺れる。

きっと、歳を重ねればより女らしく、美人になるな。

将来はいい結婚相手も見つかるだろうし、魔王討伐に成功すれば富も名声も手に入る。彼女の未来は、安泰だろう。

「俺は、お前を支えるよ。最後まで……」

転生前のクレスの罪滅ぼしなんて言っても伝わらないだろう。

だから、俺は勝手にやる。この子を立派にしよう。

「そのために、俺も強くなって、今度こそ……」

魔王。

黒騎士ヒルデガルド。

猫少女　天仙娘々。

吸血鬼ブラッドスキュラー。

あの四人を完全に滅ぼし、この世界を救うんだ。

それが、赤の勇者クレス……いや、曽山光一がこの世界に転生した理由なんだ。

◇◇◇◇◇

翌日。

宿屋で朝食を食べ、ロランと一緒に馬の世話をした。

木桶にニンジンや野菜をいっぱい入れて出し、水もたっぷり飲ませておく。

ロランは、馬のブラッシングをみっちり行った。

『ブルル……』

「あはは。お師匠さま、この子気持ちいいみたいです」

「そうか。ロラン、好かれてるのかもな」

「そ、そうでしょうか？　だったら嬉しいです！」

馬を撫でるロラン。

馬だけじゃない。俺にも完全に心を許しているように見えた。

彼女の師匠となったのには打算的なところもあったが、今は素直に嬉しい。

「よし、荷物を積んだら出発するぞ」

「はい。お師匠さまと同じ勇者さまが向かってる場所に行くんですね」

「ああ。ドラゴンの渓谷だな。俺たち勇者はそこでレベル上げをする。お前にも参加しろと言いたいが、無茶はするな。まず、一日かけて魔獣と戦いながら進み、明日にはマッケンジーたちと合流する」

「はい、お師匠さま」

再度、確認のため説明した。

焼肉を食べながら今後のことを話したが、忘れていないようだ。

なんとなくだけど、ロランは戦っても大丈夫な気がした。でもレベル3だし前衛での戦いはまださせない。最初は後衛で徐々に前に出るってのがベストかな。

レベルシステムもあってゲームみたいだが、この世界でコンティニューはできない。

……まぁ厳密には俺の場合は、コンティニューみたいなものだけど。

とにかく、慎重に行こう。

「よし、準備ができたら出発するぞ」

「はい!!」

俺の言葉にロランが快活な返事をした。

だが、俺とロランの身にとんでもないことが起きるとは、この時は考えもしなかった。

幕間　青と緑とメイドの出発

クレスがリブロ王国へ出発した後、マッケンジーたちもまた、ドラゴンの渓谷への出発の支度をしていた。

シルキーは、メリッサを自室に呼び、一緒に旅の支度をした。メリッサは既に支度が終わっていたので、シルキーの準備を手伝っている形だ。

いくつものカバンが部屋に出され、着替えや下着などを詰め込み、かさばりそうな本などは一纏めにして木箱へ入れておく。

事前に打ち合わせした通り、目指すのはドラゴンの渓谷からほど近い岩石地帯だ。そこを拠点にして、数ヵ月間のレベル上げを行う。当然、毎日ドラゴン狩りができるわけではない。休養中、ヒマを潰す手段はどうしても必要だった。

シルキーは、おやつ用に買ったドライフルーツの瓶をカバンに入れる。

「メリッサ、あんたさ、ほんとにいいの？　ドラゴンの渓谷に行くとしばらく帰れないわよ？　それに、マッケンジーが用意した拠点は安全だって話だけど、それでも危険がないわけじゃないし」

メリッサは、シルキーの服を畳みながらカバンに入れた。

「大丈夫です。私はクレス様のお世話係ですし……それに、クレス様が守ってくれますから」

「そのクレスは何やら一人で行っちゃったけどねー」

「う……」

シルキーは、蜂蜜飴の入った瓶を開け、黄色い飴玉を一つ口の中へ。

「あむ、ん……甘いわぁ。ねぇメリッサ、クレスの用事ってなんだと思う？　あの慌てよう、ただ事じゃないと思うわ」

「確かに……うーん、お金……ではクレス様はあんなに慌てないですよね」

「そーね。あいつ、修行修行でお金に無関心だし」

シルキーは飴玉をメリッサに分け、メリッサは口の中へ入れる。すると、蜂蜜の甘さに感動したらしいメリッサが満面の笑みを浮かべた。

「お、おいしい～……こんな美味しい飴、初めてです」

「蜂蜜飴よ。よくわかんないけど、いい蜂使ってるみたい」

「いい蜂……？」

二人は、青の勇者とメイドという立場こそ違うが、対等な友人のような関係になっていた。

甘い物、好きな本、ファッション、そして恋の話……話題はいくらでもある。

全ての支度を終え、シルキーはメリッサに言った。

「よし終わり。そろそろ夕方だし……外にご飯食べに行きましょ。しばらくお店で食べる機会なんてないしね」

「あ、いいですね。何食べます？　お肉？　お魚？」

「甘いのがいいわ！」

「え……ゆ、夕飯に甘いのですか？　飴玉舐めたじゃないですか」

「たまにはいいじゃない。ほらほら、パンケーキの美味しいお店があるのよ。行くわよ！」

「は、はい！」

クレスのことは一時忘れ、シルキーとメリッサは夜の町に出かけていった。

◇◇◇◇◇

翌日。全ての荷物を馬車に積み込み、出発準備は整った。

ドラゴンの渓谷に向かうのはもちろん、シルキー、メリッサ、マッケンジーの三人だ。

メリッサは馬を撫で、ポケットから人参を取り出して食べさせている。今回も、御者を務めるようだ。

その光景を横目で見ながら、シルキーはマッケンジーに言う。

「マッケンジー、あたしら勇者が二人いるとはいえ、メリッサは一般人よ。気を付けましょう」

「そうだね。それと、ドラゴンの渓谷までのルートなんだけど」

「知ってるわよ。ジーニアス王国からほぼ一直線でしょ？　山越えと森越えがあるけど、起伏も殆どない平坦な道って聞いてる」

「そうなんだけど、実はね……ドラゴンの渓谷へ向かう道中の森に、コボルトキングが現れたって情報が入ったんだ。通り道だし、せっかくだからボクらで討伐しちゃおう」

「……は？」

「コボルトキングだよ、コボルトキング」

「ちょ、な、何言ってんの!?　コボルトキングって……レベル20以上、ヘタしたら30はある危険な魔獣じゃない!?　前衛……クレスもいないのに相手できるかどうか」

「できるかどうかじゃない、やるんだよ。一応、ボクもキミも武器術は習得している。それに、クレスが戦闘不能になった場合の戦術も考えておかないといけないしね。魔獣との戦闘でもっとも危険なのは前線で戦うクレスだ。彼が戦えない状況を想定した戦術も必要なはずだよ？」

「うぐ……」

反論できなかった。

こうして、クレスを抜いた勇者二人とメリッサの旅が始まった。

馬車はゆるりと走り出す。

マッケンジーは本を読み、シルキーは外の景色を眺めている。

「コボルトキング。二足歩行の犬魔獣コボルトの中で、異常な成長を遂げた変異体とも呼ばれている。普通のコボルトは一五〇センチほどの身長だけど、コボルトキングは三メートルを超え、全身の筋力も異常発達しているらしい。その分、知能は低い。キングという名称が付いてるけど、コボルトたちの番犬みたいなものかな……犬魔獣の番犬とは、おかしいね」

マッケンジーは勝手に解説してくれた。

話を聞くと、かなり厄介そうな魔獣だ。

「……その話を聞く限り、相手はコボルトキングだけじゃないわね」

「うん。コボルトの群れもいるだろうね」

「…………」

「一応、ジーニアス王国領土にある森だから、危険な魔獣が出たら退治する義務があるんだよね～

……今回はドラゴンの渓谷に向かうついでに、ってことで」

「ついでってレベルじゃないわよ……」

「大丈夫大丈夫。倒せばレベルも上がるし、美味しい話じゃないか」

「全く……」

シルキーは、自分の武器をチェックする。

杖技。今までは使う機会がなかった。だが今回は使うかもしれない。

マッケンジーも弓を持ってきているようだ。もしかしたら、自分が前衛になるかも。そう思い、シルキーは気を引き締める。

「ま、今のボクたちなら大丈夫。今はゆっくり休んで、野営の時にいろいろ話すよ」

「……わかった」

馬車はつつがなく進み、そして、夜。

マッケンジーが指定した場所に馬車を停め、野営の支度をする。

街道から少し外れた、岩と岩の間にできた天然の洞窟のような場所だ。さらに、岩の上から蔦が垂れ下がり、まるで洞窟の入口にカーテンが引いてあるように見えた。

「ここ、ボクが見つけた秘密の隠れ家の一つなんだ。ほらこれ、魔獣除けの香り袋が置いてあるだろ？　この袋があれば魔獣が寄ってこないんだ」

マッケンジーは、洞窟内にぶら下がった香り袋を軽く叩く。この中には魔獣が嫌う匂いの香草がたくさん詰まっているらしい。

マッケンジーは、荷物の中から新しい香り袋を出し、交換する。

「じゃ、野営の支度をしようか。メリッサちゃん、調理は任せるよ」

「は、はい！　お任せください！」

必要な道具は全て持ってきたので、薪を拾いに行ったり水を汲んだりする手間がない。竈《かまど》は煉瓦をいくつか組み合わせれば簡単に作れるし、水も樽一つ持ってきた。

「あんた、準備良すぎ……」

「ふふ。お褒めの言葉、ありがとう」

メリッサは料理を始める。既にカットしてある野菜や肉を鍋に入れて煮込むだけだ。しかも、これから馬車で移動する五日分、しっかり準備してある。

今日の夕飯はシチューだ。付け合わせのパンは少し硬かったが、それでも美味しい。

「ん～、メリッサのシチュー美味しいっ」

「確かにね。キミ、ジーニアス王国で働かない？　メイドではなくコックとして雇ってもいい。確か、兵士宿舎の料理人を募集してたはず。好待遇で迎えるよ」

「ありがとうございます……お誘いはありがたいのですが、お断りします」

「あはは。やっぱりね……クレスだろ？」

「……っ」

メリッサは赤くなった。実にわかりやすい。

マッケンジーは答えがわかっていたのか、軽く肩を竦めるだけだった。

「それより、コボルトキング……どーすんの？」

「作戦はあるよ」

何故か不機嫌なシルキーの問いに答えながら、マッケンジーはメリッサにお茶を淹れるように頼んだ。

「コボルトはレベル2くらいで力も弱い。武器を持った一般人でも勝てるくらい弱い魔獣だ。それに対し、コボルトキングのレベルは推定20、ボクたち二人なら負けはしないと思うけど、結構な強敵には違いない。さて問題、コボルトはどうやってコボルトキングを使役《しえき》してると思う?」

「え、え?」

マッケンジーは何故かメリッサを見る。だが、メリッサには当然わからない。

「正解は匂い。コボルトは、コボルトキングを匂いで使役してるのさ」

「匂いって……そんなことできるの?」

「詳しいことは不明だけどね。コボルトの血でコボルトキングを使役できるらしいんだ。コボルトの血を嗅がせることで大人しく言うことを聞くらしい」

「ふ、不思議です……匂いで」

「ま、コボルトキングは全身が異常発達しているけど、おつむは退化してるのさ。言葉なんて通じないし、血の匂いで同族かどうかを嗅ぎ分けているとボクは思うね」

マッケンジーはメリッサの淹れた紅茶を啜り、シルキーはデザートのドライフルーツをモグモグ食べる。

メリッサが紅茶のおかわりを準備している中、シルキーは言った。

「で、どうやって倒すの」

「簡単さ。匂いで操っているなら、その匂いを惑わせばいい。例えば、ボクの風魔法で悪臭を放つ薬草をばら撒くとかね」

「お、それいいわね」

「うん。コボルトキングを故意に暴れさせてコボルトを殲滅《せんめつ》。残ったコボルトキングをボクらで倒す、っていうシナリオでどうだい？」

「いいわね。それでいくわよ」

こうして、対コボルトキングの作戦が決まった。

◇◇◇◇◇

翌日以降の道中も、シルキーたちは順調に先へ進んだ。

マッケンジーの秘密基地だという場所はジーニアス王国領土の至る所にあり、野営場所として最適だった。

「いやぁ、こういう秘密の場所、好きなんだよねぇ」

と、マッケンジーはキラキラした目で言った。どこか子供らしく、なんとも憎めない。

馬車は山を越え、コボルトの群れがいる森へ到着した。ここに棲むコボルトとコボルトキングが、たまに街道に現れては商人の馬車や旅人を襲うのだとか。コボルトキングが現れたとなれば放置できない。

森の中ほどに馬車を停め、マッケンジーは言う。

「よし。ここから先は徒歩で行く。メリッサちゃん、魔獣除けの香り袋を置いていくから、留守番《るすばん》よろしくね」

「ちょ、あんた！　メリッサを置いていく気⁉」

「大丈夫だよ。コボルトキングが現れたことで他の魔獣はみんな逃げ出したはずだ。それに、コボルトは鼻がいいから、香り袋があれば襲われることはない」

「でも！」

「わ、わたしは大丈夫です、シルキー様、マッケンジー様。で、でも……寂しいので、できるだけ早く戻ってきてくださいね？」

「メリッサ……」

メリッサは、いつの間にか危機においても笑って冗談が言えるくらい強くなっていた。

マッケンジーはメリッサに敬意を表するように頭を下げる。

「すぐに戻る。それに……キミに何かあったら、クレスに殺されるかもしれないからね」

「マッケンジー、五分で戻るわよ。アンタのことだし、どうせコボルトの巣穴はわかってんでしょ？」

「もちろん。じゃ、さっさと終わらせようか」

二人は、森の奥へ進んでいく。

◇◇◇◇◇

コボルトの巣穴は、横長の洞窟のようだった。

「獣臭……間違いないね、ここが巣穴。しかも運がいい……ちょうど狩りを終えて、群れが巣穴で休んでいるようだ」

「な、なんか聞こえる……もしかして、イビキ？」

「うん。コボルトキングのイビキだね。あはは。鼻づまりが酷いみたいだね」

「笑い事……なのかしらね？　犬のくせに鼻づまりとか」

「そうだね。じゃあ……早速やろうか」

マッケンジーは、手のひらサイズの小袋を取り出す。

「さて、これを使う時が来た」

「……そんな小さいので役に立つの？」

「最初に言っておく。絶対に匂いを嗅がないこと、いいね？」

「いいけど、何よそれ？」

「ふふ。このために持ってきた秘密兵器」

マッケンジーは風魔法を使って小袋を巣穴の入口へ持っていき、落とした。

「ゲイルカッター……」

小さなカマイタチが小袋を切り裂くと、黒い薬草が出てきた。

マッケンジーは嫌そうに顔をしかめる。

「ゲイルブリーズ……そよ風よ、匂いを洞窟の奥へ」

風が、薬草の匂いを洞窟の奥へ運び……数十秒後。

『グオルルルルオォォォォォ――――ッ!!』

『ギャインギャイン‼』

『ガルルァァァッ‼』

魔獣の唸り声と轟音が響いた。

「うわ、暴れてるわね……」

「うん。効果絶大。さっすがラフレシヤ草……正直、恐ろしいよ」

ラフレシヤ草。とんでもない悪臭を放つ草で、出発の少し前にマッケンジーが用意した物だ。

「シルキー、トドメは同時に行こう。首を狙ってね」

「はいはい。というか、あんたが味方で良かったわ」

どうやら、杖技や弓技は必要ないらしい。

藪の中からシルキーとマッケンジーは魔力を集中させ、洞窟から出てきた身長三メートルほどのコボルトに向かって魔法を放つ。

「ゲイルカッター！」

「アクアエッジ！」

風と水の刃は同時に飛び、コボルトキングの首を綺麗に切断した。

こうして、山に潜む危険な魔獣の討伐は、マッケンジーの作戦によってあっという間に成された。

コボルトキングを倒したシルキーたちは、メリッサの元へ戻る。

もちろん、メリッサには傷一つ付いていない。安心したように二人を出迎えるメリッサだった。

「じゃ、終わったしドラゴンの渓谷に向かうよ」

「……あんた、少しは感動するなり……」

「そんなの必要ないよ。ボクらの目的はあくまでドラゴンの渓谷だ。感動するならレベルを上げてからだね。コボルトキング、大した経験値にならなかったし」

「確かに……ま、いいわ。メリッサ、さっさと出発するわよ」

「はい！」

こうして、三人の寄り道が終わった。

戦いに派手さは必要ない。優秀な頭脳と魔法があれば、格上相手にでも勝てると証明して。

第六章　クレスとロランの冒険

俺とロラン、二人分の荷物と重量がかなり増えたが、馬は『こんなもんか？　もっと重くてもいいんだぜ？』と言わんばかりにズンズン進んだ。

馬に乗って進んだおかげで『馬術』レベルが3になり、馬に乗ったまま弓を射たら『馬上技』のスキルも得た。試しにロランだけ馬に乗せて弓を射らせたら、全く同じスキルを得た。

馬上技。つまり馬に騎乗して戦う技か。戦国武将みたいだ。

「お師匠さま、いろんなこと知ってますね。勉強になります！」

「そ、そうかな？」

『馬上技』の習得は偶然だけどね。

戦国武将のマネしたら偶然手に入ったなんて口が裂けても言えない。

馬に乗って進むこと三〇分……。

「ロラン……見ろ」

「……あっ」

街道の真ん中で、ゴブリンたちがウルフを叩き殺していた。

魔獣同士も殺し合いか……弱肉強食の世界を見た気がする。じゃなくて。

「ロラン、どう感じる？」

「……その、こ、怖いです」

「それでいい。戦場では恐怖を忘れた者から死んでいく。いいか、恐怖を忘れるな」

「は、はい」

シギュン先生も言っていたが、俺にとっては馴染み深い、日本の漫画のセリフでもある。読んだ当時は格好いいセリフだと思っていたが、リアルに使う時が来るとはな。

恐怖を知らなければ無鉄砲に突っ込んでいく。そんな兵士はすぐに死んでしまうだろう。だから、慎重に行かねばならない。

馬を茂みに隠し、そこから俺とロランは相手を分析する。

「まだ気づいていない。いいか、戦いに卑怯なんて言葉はない。不意打ちを狙えるなら積極的に狙っていけ。そして時間があるようなら観察するんだ。相手の武器、数、種族……情報はいくらでもある。さ、情報を分析しろ」

「はい……ゴブリン、数は三、武器は棍棒です。距離は約二〇メートル……ウルフへの攻撃に夢中でこっちに気づいていません」

「いいぞ。お前ならどうする？」

「え、えーっと……」

「よく周りを見ろ。ここは街道、身を隠す場所は殆どない」

「……不意打ちで一匹倒し、残りの二匹と戦う」

「半分正解」

「え……」

ロランの考えは間違っていないと思う。でも、重要なことが抜けていた。

俺はロランをまっすぐ見ながら言う。

「ここにいるのは俺とお前だ。そして戦術を組み立てているのはお前……何か忘れてないか？」

「……あ」

「そう、俺を勘定に入れろ。使えるモノはなんでも使え」

日本の漫画やゲームで得た知識、この世界で得た知識をロランに伝える。

ロランはきっと、黄金の勇者として赤・青・緑の勇者を率いる存在になれる。師匠だからとか、勇者だからとか、そんな理由で視野を狭めてはいけない。

「わかりました……お師匠さま、気づかれるギリギリまで接近。投擲技で一匹倒します。その後、残ったゴブリンを倒しますので……一匹よろしくお願いします」

「ああ、わかった」

「では……行きます!!」

ロランが藪から飛び出し、投げナイフを一本抜く。

こっそり背後から近づくのかと思ったら、気づかれ上等で走った。これには驚いたが、ロランは目の前のゴブリンしか見えていないようだ。

三匹、横並びになっているゴブリンが、案の定こちらに気が付いた。

『ギャッ!?』

『ギャギャッ』

『ギャギャギャ!!』

だが、既に距離は一〇メートルまで近づいている。

ロランはナイフを投げると同時に剣に手を掛ける。真ん中のゴブリンの頭部にナイフが命中。そのまま居合の要領で剣を振り抜き、右隣のゴブリンの首を斬り落とした。

「すげっ――」

ほんの数秒だった。

ロランの後ろにいた俺も、左隣にいたゴブリンを一刀両断する。

ゴブリンに遭遇してからの戦闘は、呆気ないほどすぐに終わった。

「ロラン、よくやった。お見事……」

「は、はぁぁ～……」

「えっ？」

ロランはへたり込み、涙声で俺に言った。

「こ、怖かった……怖かったですぅ……」

「…………」

初戦闘の恐怖で身体が竦んでしまったようだ。

……おいおい、今更かよ。相手を殺す瞬間はあんなに的確に動いていたのに。

これで確信した。ロランはきっと強くなる。恐怖を押し殺し、動けるからだ。

俺は剣を収め、ロランに手を差し出す。

「お、お師匠さま……わたし」

「最初はそれでいいさ。恐怖に慣れるんじゃなくて、恐怖を胸に抱いたまま強くなれ」

「は、はいぃ……う、うぇぇ」

「ほら泣くな。馬の所に戻って先に進むぞ」

「は、はい!!　ひっぐ……」

ロランは俺の手をガッチリ掴み、立ち上がった。

まだまだ黄金の勇者にはほど遠いが……ロランの戦士としての道は、まだ始まったばかりだ。

◇◇◇◇◇

ロランの才能は恐ろ……いや、素晴らしかった。

最初のゴブリンこそ緊張していたが、すぐに慣れたようだ。

恐怖はそのままに、心と身体をコントロールして魔獣を斬り倒していく。

「輝け、光の礫《つぶて》、シャインニードル!!」

発動したのはロランの光魔法、光の針を高速で飛ばすシャインニードルだ。

コボルトは為す術なく串刺しにされ、呆気なく絶命する。

「輝け、大いなる閃光、フラッシュ!!」

ロランの手のひらから小さな球体が飛び、コボルトの集団近くで破裂。ダメージを与えるのではなく、眩しい光によって目を潰す呪文だ。

コボルトたちは目を押さえ、慌てふためき同士討ちまで始めた。

『――っ!!』

ロランは背中に収納している二刀の短剣を抜き、混乱しているコボルトたちに斬り込む。

正確に、一撃で首を刈り取り、五匹いたコボルトはあっという間に全滅した。

「はぁ、はぁ――」

「よくやった、ロラン」

「お師匠さま!! あ、ありがとうございます!!」

俺は刀を収め、ロランの頭を撫でる。

事の発端。街道沿いに現れたコボルトの集団を俺とロランで掃除していた。

コボルトは群れで生活し、数も多かった。だが単体の強さは大したことがないので、俺とロランで分担して倒したのだ。

俺は群れのリーダーであるコボルトキャプテンを相手にし、ロランは残り全てのコボルトをたった一人で相手にした。

光魔法を上手く使ったかく乱は大成功。

ロランは成長著しい、というか、ゴブリンとの戦いから半日も経過していないのに、もう魔法と武器を組み合わせて戦えるほどに強くなっていた。

「あ、お師匠さま。新しいスキルを得ました。『詠唱破棄』です」

「ぶふっ……そ、そうか。ごほっごほっ」

「だ、大丈夫ですか?」

「あ、ああ。ちょっとむせただけ」

『詠唱破棄』……おいおい、魔法に集中しないと習得できないんじゃなかったのか? こんなにあっさり『詠唱破棄』を得るとは、ドロシー先生が知ったら腰抜かすだけじゃ済まないぞ。

当然だが、ロランだけではなく俺も強くなっていた。

この辺りに出る魔獣はなかなかの強さで、レベル上げにはもってこいなのだ。

おかげで俺は総合レベルが18、『剣技』のレベルは19になっており、その他のスキルについても順調にレベルが上がっていた。

ロランばかり戦わせるわけにはいかないからな。

俺だって、師匠という立場に恥じないくらい、強くなくちゃいけない。

彼女を導き、魔王とぶつけることはするが、他の幹部くらいは俺たち三人の勇者が相手できなければ。

「お師匠さま、私のステータスを見てもらえますか？」

「お、いいぞ。でも、忘れるな。他人にステータスを見せるのはあまりよろしくない。それと、他人のステータスを知りたがるのもダメだぞ」

「はい。でも、お師匠さまなら……わ、私の全て、見せちゃいます」

「はは、ありがとな」

ロランの頭を撫で、その目を覗き込む。

浮かび上がったステータスは、なかなかのものだった。

総合レベルは既に6。『剣技』は、7に達している。よく使う『投擲技』や『光魔法』も、習得したてにしては驚異的なスピードで上がっていた。

うん。着実に強くなってる……。

でも、俺と同じでスキルの習得数が多くて総合レベルが上がりにくいみたいだな。

おそらく彼女の成長速度をもってしても、マッケンジーの定めたレベル80というハードルをクリアするのは至難の業だろう。

多様なスキルは便利だが、デメリットも大きいのだ。

かといって、覚えたスキルを消すことはできない。

それに、本来ならスキルの習得には結構な時間が掛かるのだ。

俺やロランが特別なのであって、普通はこうはならない。だから、有効な対策も、誰も思い付けないのだ。

「お師匠さま、私の戦い、どうですか？」

「うん。最初の緊張が嘘みたいに身体が軽くなってるぞ。その調子で頼む」

「はい!!　お師匠さま」

ロランはビシッと頭を下げる。

信頼関係は構築できたが……俺は肝心なことを忘れていた。

「……マッケンジーたちになんて説明すっかな」

俺がリブロ王国へ行った表向きの理由は、『生き別れた弟を捜すため』ということだ。

でも、ロランは女の子だ。誰がどう見ても、美少女なのだ。思い切って『弟じゃなくて妹だった。あはは、悪い悪い』みたいなノリで謝ろうかな……いや、かなり無理があるな。

自分の家族なのに性別がわからないって、複雑な家庭すぎて別の問題を生みそうだ。

本来、勇者三人でドラゴンの渓谷へ向かい、道中の魔獣を連携して倒しチームワークを深めるというプランがマッケンジーにあったはず。

それを台無しにし、さらにロランという美少女を連れて戻るんだ。

うーん……やっぱり正直に言うべきだろうか。

でもなんとなく、マッケンジーよりもシルキーやメリッサが厄介そうな、そんな予感があるんだよな。

「お師匠さま？」

思考が長かったせいか、ロランが首を傾げて俺を見る。

……やはり、マッケンジーにだけは正直に打ち明けるべきか。

転生、曽山光一、二度目の人生、前回のクレス……。

こんな荒唐無稽な話、信じてもらえるか？

マッケンジーのことだ、理論的にあり得ないと切り捨てるかもしれない。

やはり、謝りつつ誤魔化すしかないのだろうか。

「いや、なんでもない……行こう」

「はい!!」

ドラゴンの渓谷までもう少し。

今は、ロランに戦闘慣れしてもらって、早いとこ黄金の勇者として覚醒してもらおう。

と、そこでトラブルが発生した。

馬が突然座り込み、動かなくなってしまったのだ。

「参ったな……おい、どうした？」

「疲れちゃったんでしょうか……？」

おいおい、お前さっきまで、重い荷物なんてへっちゃらだって顔してたじゃないか。

位置的に、ドラゴンの渓谷まではあと数十キロくらいだ。急げば今日中にマッケンジーたちと合流できそうだ。

それなのに、馬が座り込んで動かないとは……最悪、置いていくしかないけど、ここまで運んでくれたこいつを置いていくのは気が引ける。

ロランは馬を撫で……表情を変える。

「……怯えてるの？」

「ん、どうした？」

「お師匠さま……この子、怯えてるんだと思います」

「怯える？　はは、幽霊でも出たか？」

「ゆうれい？」

おっと、この世界に幽霊は存在しないのかな。魔獣でそういうのいそうなもんだけど。

そもそも怯えるものなんて何が……。

「どうしたの？　何に怯えているの？」

『ブルルル……』

「うーん……動かないですね……」

「だな。仕方ない、ここらで一度、休憩するか」

広い道を見回し、ちょうど良さそうな場所を見繕って、馬を強引に引っ張って移動する。

この辺りはドラゴンの渓谷が近いので、馬車や人の通りはない。

周囲はおあつらえ向きに座って休めそうな大きさの岩がゴロゴロ転がっており――。

「……待て。おかしいぞ」

「お師匠さま？」

「見ろ、ここら一帯……人や馬車が通るような開拓はされてないはず。それなのに、道幅がかなり広い。というか、この道ってもしかして……」

ロランは首を傾げる。俺は、猛烈に嫌な予感がした。

馬が怯えている理由が、もしかしてここにあったのかもしれない。

そう考えた瞬間、背中がぞわっとした。

「っ!!」

ロランも感じたのか、俺とロランは同時に警戒する。

すると、聞こえてきたのだ。

ズシン、ズシンと大地が揺れる音が。

「……まずいな」

「お師匠さま、これって……」

「ああ。馬が怯えてた理由だ……この道は、こいつの通り道らしい」

ロランは、怯える馬を必死に近くの藪に押し込み、俺は刀を抜いた。

『グォルルル……』

ほどなくして現れたのは、真っ赤な鱗を持つドラゴン。

俺の記憶が正しければ、こいつの名は……。

「レッドドラゴン……」

真っ赤な鱗、大きな翼、鋭い爪、長い尾……物語や伝承で見聞きするような、ドラゴンの威容が目の前にあった。

『グオルルルルオォォォォォ――――ッ!!』

俺とロランは、このドラゴンの縄張りに入ってしまったようだ。

ゲームで言えば、序盤に入ってはいけない隠しダンジョンに入り、そこにいるボスと遭遇。瞬殺され、ゲームオーバーに直行といった感じだろう。

何度かそんな場面に遭遇し、その度に苦汁を舐めさせられ、次は気を付けようと警戒しつつゲームを再開したものだが……。

これはゲームではない。現実なのだ。

一度死ねば、コンティニューはあり得ない。

俺は滝のように汗をかき、震える手を押さえ付けて刀の柄を握った。

「お、おお、お師匠さま……」

「落ち着け。落ち着くんだ」

自分に言い聞かせるように、怯えるロランに言う。

こんな奴相手には、勝つとか負けるとかじゃない。なんとかこの場を切り抜けないと。

「ふぅ……」

息を長く吐き、少し落ち着く。

レッドドラゴンは俺たちをじーっと見ている。

ああこいつ……俺たちを脅威として見ていない。それどころか、餌としても見ていない。足下の蟻を見るような感じだ。

むしろ、あの目に俺たちが映っているのかさえも怪しい。

ロランも落ち着いたのか、呼吸を整えてミスリルソードの柄に手を添える。

「お師匠さま。お見苦しいところをお見せしました……指示を」

「…………」

驚いた。本当に驚いた……ロランは戦うつもりだった。

戦い、勝つと信じて疑っていない。

対する俺は勝てない、逃げるしかないと考えていたのに……なんて奴だよ、全く。

「……ははっ」

情けない……俺はロランの師匠だぞ？

ロランが戦うつもりなのに、師匠の俺が逃げる？　そんなの許されないだろう。

ゲームでもよくある。レベル１縛りで全クリとか、ナイフ一本でエンディングを迎えるとか……

そうだ、レベル差なんて技量で埋めればいい。

俺は息を吐き、ロランに指示する。

「こいつはレッドドラゴンだ。今は俺たちを蟻《あり》程度にしか捉えてない。だから目の前にいても敵意を感じないし、攻撃の意思もない。ロラン、こいつの武器は？」

俺は、命の懸かった状況でロランを指導する。

「……牙、爪、尾……です」

「ほぼ正解。いいか、ドラゴン種は例外なく、ブレス攻撃を使う。レッドドラゴンの場合、あらゆるものを焼き尽くす炎のブレスを吐く」

「なるほど……では」

「では、弱点は？」

「…………が、眼球？」

「正解だ。レッドドラゴンの鱗は非常に硬い。俺のヒヒイロカネよりも、お前のミスリルソードよりも強靭だ。でも、眼球は軟らかい……どうする？」

「両の眼球を、私とお師匠さまの剣で攻撃します」

「ほぼ正解。剣で目を刺すだけじゃぬるい。目が潰れただけで死ぬと思うか？」

「……いえ」

「答えは……」

俺はロランに答えを告げる。

ちなみに、俺の考えたドラゴンの討伐方法だ。

転生前のクレスが持っていたレッドドラゴンの情報と、曽山光一が漫画やアニメで得たドラゴン討伐知識を融合させたオリジナル討伐方法。

試したことはもちろんないが、いける気がした。

「ロラン、一発勝負になるぞ」

「はい。お師匠さまとならやれます!!」

「そうだな……俺もやれる気がする!!」

俺とロランが剣を抜いた瞬間、レッドドラゴンの咆哮が轟《とどろ》いた。

一発勝負だ。

『グルォォォォォ――――ッ!!』

「ビビるなよロラン!!」

「はいっ!!」

レッドドラゴンの咆哮が空気を激しく震わせ、俺とロランの身体を叩く。

不思議と恐怖は感じない。ロランがいるからなのか、俺が戦うと決意したからなのか。

あるのは、ロランとなら勝てる。そんな根拠のない自信だけだった。

俺とロランはレッドドラゴンへ向かって走り出す。

距離は一〇メートルもない。ほんの数秒程度の距離だが、レッドドラゴンの威圧感のせいか、長く感じる。

何度でも言う。これは、一発勝負だ!!

「ロラァァァァァンッ!!」

「はい!!　輝け、大いなる閃光、フラァァァァァァッシュ!!」

ロランが魔力を籠めすぎたせいで、野球ボールくらいの大きさがデフォルトの光球が、バスケットボールほどにまで膨れ上がっていた。

ドラゴンがブレスを吐こうと息を吸った瞬間、目の前でロランの光球が爆ぜた。

『ガルルァァァッ!?』

ドラゴンが目を瞑《つむ》った。

俺とロランは爆発に合わせて目を瞑っており、光にやられることはない。

いくら強大なレッドドラゴンとはいえ、強烈な光による目潰しは効果的だったようだ。レッドドラゴンの真紅の瞳が、真っ白に濁っていた。

そして、ここからが大詰めだ。

「だぁぁぁりゃぁぁぁぁぁっ!!」

「はぁぁぁぁぁ————っ!!」

俺とロランは左右に分かれ、同時に跳躍し——ドラゴンの両目を剣で貫いた。

『ギャァァァァァ————ッ!?』

「放すなロラァァァンッ!!」

「はいぃぃぃぃぃぃぃっ!!」

両目を失ったレッドドラゴンは大暴れする。

頭を左右に振り、流れる赤い血がドバドバと周囲に撒き散らされる。

俺たちは軽々と振り回されながらも、剣を手放すまいと力を籠めた。

両目を失明させれば、あるいは逃げることも可能だったかもしれない。

だが、俺もロランも、こいつを倒すと決めたのだ。

俺は残りの力を振り絞り、レッドドラゴンの鱗を掴んで頭に登った。

ロランも同じように登り、眼球に突き刺さった剣を掴み、肩まで突っ込むような勢いで押し込んだ。

『ゴガァァァァァァァッ!?』

「決めるぞロラン!!」

「はい、お師匠さま!!」

ぐちゃぐちゃした感触が腕の中に伝わる。レッドドラゴンの眼球の中は熱く、まるで火の中に手を突っ込んでいるようだった。

これが俺の考えた作戦だ。

「テラファイア!!」

「輝け、光の礫、シャインニードル!!」

爆発するような炎と光の針が、レッドドラゴンの頭の中で放たれた。

ブチュン!!　と頭の中が破裂し、一瞬だけビクンと痙攣したレッドドラゴンは、そのまま倒れた。

俺とロランは剣を眼球から抜き、大汗を流しながら顔を見合わせ、レッドドラゴンの死を確認する。

そして、レッドドラゴンが完全に死んだことを確認し、ようやく快哉《かいさい》を叫んだ。

「やった……やったぞロラン!!　レベル差をひっくり返した完全な勝利だ!!」

「はい!!　お師匠さま、お師匠さまのおかげです!!　ああ、やっぱりお師匠さまはすごいです!!」

ロランと抱き合い、跳ねるようにして喜んだ。

こうして俺とロランは、無事にレッドドラゴンを討伐したのであった。

◇◇◇◇◇◇

「おお……」

「わぁ……お師匠さま、すっごく強くなれました！」

俺とロランは、レッドドラゴンを倒したことでレベルアップした。

互いにステータスを確認する。最後に確認した時、俺はレベル17、ロランが6だったのだが……

いやはや、驚いた。

○赤の勇者クレス：レベル21
《スキル》
赤魔法：レベル11　剣技：レベル22　詠唱破棄：レベル10　格闘技：レベル18　短剣技：レベル15
弓技：レベル7　槍技：レベル16　斧技：レベル8　投擲技：レベル14　大剣技：レベル3　双剣技：レベル19

○ロラン：レベル13
《スキル》
奴隷印：レベル1　剣技：レベル14　槍技：レベル5　双剣技：レベル9　短剣技：レベル8
弓技：レベル7　投擲技：レベル8　聖魔法：レベル5　光魔法：レベル9　詠唱破棄：レベル5

一気に上がった。

ゲームでもドラゴンの経験値は高めに設定されていることが多い。まさかこの身をもって実感することになるとは。

マッケンジーがドラゴンの渓谷でレベル上げしようと言った意味がよくわかる。これなら数をこなせば目標レベルも夢じゃない。

「あれ……？」

「ん、どうしたロラン？」

「あの、お師匠さま……私のステータス、妙なスキルが追加されてて……これ、なんでしょう？」

「どれどれ」

○ロラン：レベル13
『？？？？？？？？？』

【？？？？？？？？？】


「……これは」

「な、なんでしょうこれ……」

「んー、心配しなくていいと思うぞ」

「は、はい」

俺にはなんとなくわかった。

恐らく、黄金の勇者に関係ある特殊なスキルだ。

レベルが上がったから解放されたのか、それとも一定レベルを超えたから表示されたのか。どちらにしろ、いいことなのは間違いない。

このままロランのレベルを上げれば、『?』マーク部分が解放される可能性が高い。ふふふ、黄金の勇者の覚醒……いいね、楽しみだぜ。

「お師匠さま。このドラゴンはどうしましょうか?」

「ん、ああ。レッドドラゴンの素材か。かなり希少だよな」

異世界転生系の物語なら、ドラゴンの素材を剥ぎ取って冒険者ギルドに納品したり、素材を鍛冶屋に持っていって新装備を……待てよ?

「確か、ドラゴンの牙って強い武器の素材になるんだっけ」

ドラゴン……クレスの知識では、肉は食材として絶品、血や内臓は効き目の強い薬、牙と骨と鱗は高性能な装備の材料になる。

せっかく討伐したんだし、なんとか素材を持って帰りたい。

「お師匠さま、解体しますか?」

「と言っても、あまり荷物は持てないしな……それに、解体するにしても道具はないし」

「では、牙だけ持っていきましょう」

そう言って、ロランはレッドドラゴンの口元へ。

何をするのか見ていると、腰を低くして柄に手を添え……おい、まさか。

「確か、お師匠さまはこう……シッ!」

ロランは一瞬で抜刀。すると、レッドドラゴンの開いた口から牙がコロンと落ちた。

それを拾い断面を見ると……なんともまぁ、鮮やかな切り口だこと。

「えへへ。お師匠さまの真似しちゃいました……あ、『抜刀技』のスキルを手に入れました」

「そ、そうか……すごいぞロラン」

やっぱり才能の塊だよ、末恐ろしい。

馬を呼び、ドラゴンの牙をカバンにしまう。

「よし、行くか」

「はい！」

ドラゴンの渓谷までもう少し。マッケンジーたちに合流しよう。

◇◇◇◇◇◇

レッドドラゴンの近くで話すクレスとロランを、遠くから眺める人影があった。

「ほう……面白いな」

その人物は、漆黒の全身鎧を装備していた。

彼女の名はヒルデガルド。酒場で休養を取った後、次の町へ向かって歩いている途中でレッドドラゴンの気配を感じ、腹ごなしの運動でもと寄ったのだ。

そこで、面白いものを目にしたことで、こうして立ち止まっている。

「人間。それもたった二人でレッドドラゴンを降《くだ》すとは」

レッドドラゴンの推定レベルは40。もし人里の近くで現れれば軍を出動させるレベルだ。

それを、たった二人。しかもまだ一〇代と見える少年少女が倒すとは。

「ただの人間ではないな……そうか、勇者か」

ヒルデガルドは、すぐに正体を看破《かんぱ》した。

「勇者が現れたと噂で聞いたが……ふ、面白い」

ヒルデガルドは、クレスとロランが向かおうとする方を見た。

「ドラゴンの渓谷……なるほど。レベル上げというわけか」

ヒルデガルドは、漆黒の兜の下で微笑む。

先ほどの戦いを見てわかった。赤髪の少年が金髪の少女を指導しているようだ。確かに、あの金髪の少女はかなりの才能を秘めている。

だが、ヒルデガルドは……赤髪の少年ことクレスが気になった。

「……今回は、期待できるかもな」

黒騎士ヒルデガルドはポツリと呟き、クレスたちと反対方向に歩き出した。

あとがき

初めまして。作者のさとうです。

この度は、『謙虚すぎる勇者、真の勇者を導きます！』を手に取って頂き、誠にありがとうございます。読者の皆様には感謝しかありません！


この作品は『小説家になろう』に投稿した作品で、勇者であるクレスに日本人のフリーター曽山光一が転生し、魔王によって滅ぼされた未来を変えるため、謙虚に真面目に進んでいく物語となります。

異世界転生でありがちなクズ勇者クレス。彼はテンプレ通りの悪行のせいで周囲から嫌われています。レベル制度のある世界なのにレベルは低く、仲間たちからの評価も最低。勇者という肩書に酔った愚かな少年です。そして、案の定魔王に殺されてその生涯を閉じます。

対して、日本人の青年、曽山光一。フリーターである彼はバイトを終え、バイト帰りに交通事故にあって死亡してしまいます。

魔王に殺されたクレス。交通事故で死んだ曽山光一。

二つの心が一つになり、勇者クレスの記憶と肉体を持つ曽山光一が、魔王討伐前のクレスとして転生する……物語はここから始まります。

見どころはやはり、未来を知る故の行動です。

未来を知っていれば、どう立ち回れば最善なのかということがわかります。転生前の勇者クレスの記憶を持つ曽山光一は、魔王を討伐するためにどうすればいいかを考えつつ、記憶を頼りに最善の答えを出し、己を鍛えていきます。

もちろん、未来を知っていても、その未来が変われば意味がない。クレスとなった彼がどのような考えで行動し、最善の道を進むのか。そこも見どころの一つだと思います。

イラストレーターのきらら様。そして編集者様。この作品に関わった全ての皆様に感謝を申し上げます。

最後となりましたが、この本をお手に取られたあなたに、最大の感謝を。

またどこかでお会いできたら嬉しいです！

BKブックス

謙虚すぎる勇者、真の勇者を導きます！

2020年8月20日　初版第一刷発行

著　者　さとう

イラストレーター　きらら

発行人　大島雄司

発行所　株式会社ぶんか社
〒102-8405　東京都千代田区一番町29-6
TEL 03-3222-5125（編集部）
TEL 03-3222-5115（出版営業部）
www.bunkasha.co.jp

装　丁　AFTERGLOW

編　集　株式会社 パルプライド

印刷所　大日本印刷株式会社

ISBN978-4-8211-4559-1

Printed in Japan